Colette

Mitsou

Weitere 50 große Romane des 20. Jahrhunderts | **Ilse Aichinger** – Die größere Hoffnung • **Joan Aiken** – Du bist ich. Die Geschichte einer Täuschung • **Ivo Andric** – Die Brücke über die Drina • **Ingeborg Bachmann** – Malina • **Louis Begley** – Lügen in Zeiten des Krieges • **Anthony Burgess** – Die Uhrwerk-Orange • **Truman Capote** – Frühstück bei Tiffany • **Colette** – Mitsou • **Per Olov Enquist** – Das Buch von Blanche und Marie • **Nuruddin Farah** – Maps • **Lion Feuchtwanger** – Narrenweisheit oder Tod und Verklärung des Jean-Jacques Rousseau • **Penelope Fitzgerald** – Die blaue Blume • **Nadine Gordimer** – Niemand der mit mir geht • **Juan Goytisolo** – Landschaften nach der Schlacht • **Lars Gustafsson** – Der Tod eines Bienenzüchters • **Joseph Heller** – Catch 22 • **Wolfgang Hilbig** – Ich • **Wolfgang Hildesheimer** – Marbot. Eine Biographie • **Bohumil Hrabal** – Ich dachte an die goldenen Zeiten • **Ricarda Huch** – Der Fall Deruga • **Brigitte Kronauer** – Berittener Bogenschütze • **Jaan Kross** – Der Verrückte des Zaren • **Hartmut Lange** – Das Konzert • **Carlo Levi** – Christus kam nur bis Eboli • **Javier Marías** – Alle Seelen • **Monika Maron** – Stille Zeile Sechs • **William Maxwell** – Zeit der Nähe • **Patrick Modiano** – Eine Jugend • **Margriet de Moor** – Der Virtuose • **Amos Oz** – Ein anderer Ort • **Orhan Pamuk** – Rot ist mein Name • **Leo Perutz** – Der schwedische Reiter • **Christoph Ransmayr** – Die Schrecken des Eises und der Finsternis • **Philip Roth** – Täuschung • **Arno Schmidt** – Das steinerne Herz. Historischer Roman aus dem Jahre 1954 nach Christi • **Ingo Schulze** – 33 Augenblicke des Glücks • **Winfried G. Sebald** – Austerlitz • **Anna Seghers** – Transit • **Isaac Bashevis Singer** – Feinde, die Geschichte einer Liebe • **Muriel Spark** – Memento Mori • **Andrzej Stasiuk** – Die Welt hinter Dukla • **Marlene Streeruwitz** – Verführungen. • **Kurt Tucholsky** – Schloß Gripsholm. Eine Sommergeschichte • **Mario Vargas Llosa** – Lob der Stiefmutter • **Robert Walser** – Jakob von Gunten • **Franz Werfel** – Eine blaßblaue Frauenschrift • **Urs Widmer** – Der Geliebte der Mutter • **Christa Wolf** – Kassandra • **Virginia Woolf** – Mrs Dalloway • **Stefan Zweig** – Maria Stuart | **Ausgewählt von der Feuilletonredaktion der Süddeutschen Zeitung | 2007 – 2008**

Mitsou

1

Paris im Mai des Kriegsjahres 1917.

Das Theater Empyrée-Montmartre hat für die große Frühjahrsrevue »Ça Gaze« achtzehn junge Mädchen engagiert, dazu einen Komparsen, der »etwas schwach auf der Lunge ist«, und einen achtzigjährigen Tragöden für die unentbehrlichen Rollen des *Père de la Victoire*, des *Grognard de Raffet* und des *General Joffre*.

Die Garderobe von Mademoiselle Mitsou, dem Revuestar. Eine Papiertapete, die einst, als sie noch weiß und rosa war, rosaweiß geblümte Seide vortäuschen sollte. Das war lange vor Mitsous Zeit. Ein Holzgestell, das als Toilettentisch dient, mit Frottierhandtüchern bedeckt. Waschständer, Krug und Blechschüssel wie in einem Dienstbotenzimmer. Reismehl in Pappschachteln. Ein sehr schön gefaßter Brillantring inmitten der Schminkstifte und Puderdosen. Ein kleiner Diwan, so weich wie eine Parkbank, zwei lackierte Rohrstühle. Gesamteindruck: »Mehr braucht man nicht.«

Pause. Mitsou allein. Sie ruht sich aus. Ihre Kleidung besteht aus fraisefarbenen Strümpfen, deren Säume an das Trikot angenäht sind, ferner aus goldenen Schuhen und einem lila Kimono. Die Natur hat Mitsou mit jener Schönheit ausgestattet, die jetzt gerade in Mode ist: keine Nase – oder so gut wie keine –, sehr große Augen, so schwarz wie das Haar, runde Wangen und ein kleiner, trotziger, frischer Mund. Soweit das Gesicht. Der Körper ist schlank, wie sich's gehört, die Beine lang und edel, der Busenansatz tief, die Brüste klein. Alles perfekt, wenn nicht der Schenkel oberhalb des Knies ein klein wenig zu mager wäre. Doch wird dieses Pagenbein mit der Zeit sicher an Fülle gewinnen, ebenso wie der überzarte Nymphenrücken. Mitsou ist kaum vierundzwanzig Jahre alt.

Sie sitzt an ihrem Schminktisch, die Beine gerade ausgestreckt, damit sich die Strümpfe an den Knien nicht ausbeulen; der junge Rücken aber ist gebeugt und der Hals streckt sich wie der einer durstigen Gazelle. Fast könnte man daran zweifeln, daß Mitsou lebendig ist, würde sie sich nicht ab und zu die Wangen pudern, den Mund röter schminken oder die Augenwinkel mit dem Farbstift nachzeichnen. Gedankenlos sind die emsige Hand, die großen, düster glänzenden Augen, das klare, ernste junge Gesicht ...

Ein Geräusch auf dem Gang, hinkende Schritte. Ein alter, knochiger Finger klopft an die Tür, der des Inspizienten Boudou.

Boudou *öffnet die Tür einen Spalt weit. Er ist zweiundsiebzig Jahre alt, sieht aber noch älter aus:* »Die Pause ist zu Ende. Jetzt kommen Sie bald dran, Mademoiselle Mitsou.«

Mitsou, *langsam erwachend:* »Danke, Boudou. Geht's Ihrem Fuß schon besser?«

Boudou: »Nicht viel besser. Wenn er bis Donnerstag nicht in Ordnung ist, werde ich ihn waschen und ihm einen Schafwollsocken und einen Baumwollsocken überziehen. Man darf nichts unversucht lassen, sage ich immer.«

Er entfernt sich und läßt die Tür offen. Geräusche auf dem Gang, schlurfende Schritte. Im Halbdunkel geht Beautey, der achtzigjährige Tragöde, vorüber. Er bleibt einen Augenblick stehen, und die Glühbirnen der Garderobe beleuchten die strahlende Generalsuniform, aber auch Beauteys blutunterlaufene Augen und seine widerlich herabhängende Unterlippe.

Beautey *zu Mitsou:* »Na, wie geht's, Kleine?«

Mitsou, *über ihren Spiegel gebeugt, eilig:* »Gut, Monsieur Beautey, danke ... Oh, ich bin zu spät dran ...«

Beautey: »Soll ich dir helfen?«

Mitsou, *entsetzt:* »Nein, nein, Monsieur Beautey, bemühen Sie sich nicht ... Was denken Sie!« *(Er entfernt sich.)*

Mitsou, *schaudernd:* »Lieber sterben als ihm ins Gesicht sehen. Es ist beinahe unanständig, so alte Leute auftreten zu lassen. Und das mir, die ich nicht einmal ein gestürztes Pferd sehen kann ...«

Über den Gang klappern zehn kleine Holzabsätze. In sympathischer englischer Unordnung ziehen die fünf Tirelireli-Girls vorüber. Aber Mitsou ist zu hochmütig, um den Kopf zu wenden. Dann folgen nacheinander das Kriegsbrot, die Papierkrise, das Saccharin, der schwachbrüstige Komparse ... Dahinter eine alte Dame in Filzpantoffeln; auf der linken Schulter ihres Plüschcapes ist der Orden der Akademie mit Nadeln festgesteckt: die Garderobiere.

Schließlich ein Lärmen und Piepsen wie aus einem aufgestörten Mäusenest: Petite Chose stürzt in die Garderobe. Ist Petite Chose häßlich oder hübsch? Sieht sie gut oder schlecht aus? Sie ist ein aufgeregtes kleines Frauenzimmer, die sich ständig so schlau dreht und wendet, daß ihr Aussehen sich jeder ernstlichen Beurteilung entzieht. Ihre gefärbten Haare fallen in Wellen bis über die Nasenspitze, die ihrerseits dem Haarschopf entgegenzustreben scheint. Die getuschten Wimpern, die clownesken Bäckchen, die Mundwinkel – alles an ihr strebt aufwärts, als hätte ein Windstoß es in die Höhe geblasen. Ihre Schultern zittern, ihre Hüften winden sich, sie legt die Hände um den Hals – um auf ihn hinzuweisen oder um ihn zu stützen? – und wenn sich ihre Knie beim Gehen aneinanderreiben, so weiß man nicht, ob Petite Chose friert oder ob sie komisch wirken will – oder ob sie einfach X-Beine hat? Stürzte Petite

Chose in die Seine, so würden bei der Totenschau selbst ihre intimsten Freunde sie nicht erkennen, denn eigentlich hat keiner sie jemals wirklich gesehen ...

PETITE CHOSE, *in einem nicht sehr sauberen Bademantel, eine »stilisierte« Banane auf dem Kopf, stürzt sich auf Mitsou:* »Versteck sie mir, Mitsou, versteck sie bei dir! Man will sie hinauswerfen und mir eine Strafe aufbrummen!«

MITSOU, *ruhig, mit hochgezogenen Brauen:* »Wen?«

PETITE CHOSE: »Die beiden Kleinen da, die doch so reizend sind! *(Sie deutet auf den Gang.)* Versteck sie mir so lang, bis Boudou seinen Rundgang beendet hat! *(Schmeichlerisch und unter übertriebenen Verrenkungen)* Dir wird man keinen Skandal machen, du bist der Star, du darfst empfangen, wen du willst!«

MITSOU, *königlich:* »Allerdings. Das wäre ja noch schöner, wenn ich nicht empfangen dürfte, wen ich will. Aber ich lasse hier niemanden herein und ich will keine Leute in meiner Garderobe haben, die ich nicht kenne.«

PETITE CHOSE, *drängend:* »Nur eine Minute, Mitsou. In deinem großen Wandschrank! Sie sind sooo reizend! *(Ohne die Antwort abzuwarten, ruft sie mit halblauter Stimme hinaus:)* Schnell, schnell, ihr beiden, beeilt euch!«

Sie zieht zwei junge Leutnants in die Garderobe, einen in Khaki und einen in Himmelblau. Der in Khaki sieht auffallend gut aus, der in Himmelblau noch besser.

MITSOU *betrachtet die beiden wie Möbelstücke:* »Ich habe damit nicht das geringste zu tun!«

DER IN KHAKI: »Mademoiselle Mitsou, wir haben Sie eben auf der Bühne sehr bewundert. Gestatten Sie mir, daß ich mich Ihnen vorstelle ...«

MITSOU, *die ihn nicht zu hören scheint, über seinen*

Kopf hinweg zu Petite Chose: »Stell dir bloß vor, meinem Freund fällt es ein, noch vor dem zweiten Bild mit seinen beiden Geschäftsfreunden in meine Garderobe heraufzukommen, dann ist hier die Hölle los!«

DER BLAUE, *verärgert über Mitsous Nichtachtung:* »Mademoiselle, ich will mich Ihnen nicht länger aufdrängen, wenn meine Anwesenheit ...«

MITSOU, *weiterhin zu Petite Chose:* »Verstehst du, mir ist es ganz gleichgültig, ob sie in meinem Wandschrank sind oder sonst wo – darum geht es nicht. Aber wie das aussieht! Du weißt doch, daß ich nicht eine von denen bin, die ...«

PETITE CHOSE, *unabweisbar:* »Ich weiß, ich weiß. Aber mir zuliebe wirst du es doch tun, du bist doch eine so gute Seele! *(Zu den beiden Leutnants)* Hopphopp ihr zwei, rasch hinein in den Wandschrank! *(Zu Mitsou)* In diesem Haus gibt's nichts als Dramen. Denk dir, Boudou hat einen frischgefangenen Soldaten in der Kleiderkammer dieser alten Ziege, der Weiß, gefunden. Er hat gesagt, er meldet das der Direktion. Eine Giftschlange, dieser alte Boudou ...«

BOUDOU, *die Tür öffnend, verbindlich und argwöhnisch:* »In fünf Minuten kommen Sie an die Reihe, Mademoiselle Mitsou.« *(Er blickt Petite Chose, die die Türen des Wandschranks hinter den Leutnants geschlossen hat, scharf an.)*

PETITE CHOSE, *liebenswürdig:* »Wie geht's, Boudou? Was macht der Fuß?«

BOUDOU, *kalt:* »Danke, es geht ihm leidlich. Wenn er bis Donnerstag nicht in Ordnung ist, werde ich ihn waschen und ihm einen Schafwollsocken und einen Baumwollsokken überziehen.«

PETITE CHOSE: »Im äußersten Notfall muß man eben auch zu solchen Mitteln greifen, Boudou!«

Er geht hinaus. Petite Chose öffnet den Wandschrank.

Die beiden Eingesperrten, die sich flach gegen die Rückwand des Schrankes drücken, würden ihren Platz selbst für das Kriegskreuz nicht aufgeben. Sie sagen kein Wort und amüsieren sich königlich.

Petite Chose: »Da seht ihr, wie er euch geschnappt hätte, der alte Schleicher, ohne mich! Jetzt komm ich aber dran! Ich höre schon das Finale der ›Gifthölle‹! *(Sie küßt beide mit erstaunlicher Behendigkeit. Leise zum Blauen, auf Mitsou deutend:)* Auf die dürft ihr nicht rechnen, wenn ihr euch unterhalten wollt ... *(Davonstürzend schreit sie:)* Seid schön brav, ihr Lieben! Ihr seid bei einer feinen Dame zu Gast!«

Diese Schmeichelei entlockt Mitsou ein herablassendes Lächeln. Allein mit den beiden jungen Leuten, die immer noch aufrecht und steif im Wandschrank stehen, wirft sie den Kimono ab, unter dem sie nur die langen fraisefarbenen Strümpfe, ein Beintrikot und ein Tüllhemdchen trägt. In aller Ruhe schnürt sie das Taillenband des Trikots fester, streckt die Beine hoch, um die Strümpfe an der Innenseite der Schenkel zu glätten, schlüpft vorsichtig in die schwarzrote Tüllwolke, aus der ihr Kostüm (für die Rolle der »Rose Jacqueminot«) besteht, und pudert sich Achselhöhlen und Hals. Jede ihrer Gesten zeugt von einer gleichgültigen Ungeniertheit und einer zerstreuten Schamlosigkeit, die jeden Gedanken an Koketterie ausschließen. Zwischendurch einmal ruft sie den Leutnants ein trockenes »Na, wie geht's da drin im Wandschrank?« zu, das nicht sehr freundlich klingt.

Der Blaue, *ganz Auge, aber sehr korrekt:* »Danke, Madame, ganz ausgezeichnet.«

Mitsou: »Oh, jetzt bin ich gar zur Madame avanciert. Sehr schnelles Avancement, das muß man sagen. *(Schwei-*

gen. Sie bemüht sich, ihr Gürtelband hinten zuzuhaken, aber es gelingt ihr nicht.) Ich möchte doch wissen, wohin sie schon wieder verschwunden ist, diese alte Eule von einer Garderobiere!«

DER BLAUE, *aus dem Wandschrank steigend:* »Darf ich Ihnen helfen, Madame?«

MITSOU: »Da kann ich nicht nein sagen. Am Gürtelband sind vier Haken, sehen Sie? Das übrige schaffe ich allein, das sind Druckknöpfe. *(Sie hält ihm gänzlich ungerührt ihren nackten Rücken hin.)* Danke sehr.«

Ohne sich umzuwenden nickt sie dabei dem Bild zu, das der Spiegel zurückwirft: zwei braunhaarige, jugendliche Köpfe mit großen Augen, die einander ähneln wie Bruder und Schwester. Mitsou lächelt, der Blaue lächelt – und nun gleichen sie einander noch mehr.

DER BLAUE, *sich verneigend:* »Nichts zu danken, Madame.« *(Er kehrt in den Wandschrank zurück. Schweigen.)*

MITSOU *setzt sich und weist auf den Diwan:* »Ich kann Ihnen nicht anbieten, Platz zu nehmen, denn solange Boudou nicht auf der Bühne zu tun hat, ist die Gefahr nicht vorüber. Sowie er auf die Bühne kommt, um die Geräusche in den Kulissen zu machen, können Sie sich aus dem Staub machen. Boudou macht nämlich hinter der Bühne den Schrei des Verdammten, den Glasermeister und den Blumentopf, der aus dem Fenster fällt.«

DER IN KHAKI, *um auch etwas zu sagen:* »Der reinste Proteus!«

MITSOU, *einfach:* »Nein, er heißt Boudou. Und er ist seit der ersten Aufführung der Revue dabei.« *(Schweigen. Mitsou lackiert sich die Nägel.)*

DER BLAUE, *höflich:* »Und wie sind Sie mit Ihren Rollen in dieser Revue zufrieden, Madame?« *(Er spricht in kühlem Ton, betrachtet Mitsou aber mit feurigem Blick.*

Jedesmal, wenn er sie »Madame« nennt, drückt sie ihr Erstaunen dadurch aus, daß sie ihre schön geschwungenen Brauen ein wenig hochzieht.)

MITSOU: »Sehr zufrieden. Besonders, weil man hier nicht nur Talent braucht, um Erfolg zu haben.«

DER BLAUE und DER IN KHAKI: »Ach so?«

MITSOU, *mit wichtiger Miene:* »Die Schwierigkeit, hier auftreten zu dürfen, ist das Alter. Die Direktion engagiert keine Darstellerin, die älter ist als fünfundzwanzig. Das ist in dem Haus so üblich. Ich bin vierundzwanzig.«

DER BLAUE: »Ich auch.«

MITSOU: »Nein, wirklich? Das ist aber komisch!«

DER BLAUE: »Was es doch für komische Sachen auf der Welt gibt ...«

DER IN KHAKI: »Glauben Sie, daß Mademoiselle Petite Chose nicht älter als fünfundzwanzig ist?«

MITSOU: »Sagt sie. Aber Sie kennen sie ja sicher viel besser als ich.«

DER IN KHAKI und DER BLAUE: »Aber nein!«

MITSOU: »Nicht möglich!«

DER IN KHAKI: »Wir haben sie heute abend zum erstenmal gesehen. Ein Freund hat uns ihr vorgestellt. Der Feigling hat sich inzwischen aus dem Staub gemacht. Sie wissen, der, den man bei Madame Weiß aufgestöbert hat. Wir ahnten nicht, daß die Hauspolizei in einem Konzertcafé so streng ist.«

MITSOU, *empört:* »Wir sind hier in einer Music-Hall und nicht in einem Konzertcafé! Außerdem muß das sein. Sonst würde es hier schön zugehn! Ich kann in meiner Garderobe empfangen, wen ich will, das steht in meinem Vertrag.«

DER BLAUE: »Und Sie empfangen viele Leute?«

MITSOU, *würdig:* »Was denken Sie! ... Niemanden.«

Im selben Augenblick klopft es. Erstaunt öffnet Mitsou den Mund, zieht die Augenbrauen hoch und sagt nichts.

Es klopft wieder, und die Tür geht auf. Es erscheint Mitsous Freund, ein eleganter Herr, im vollen Glanz seiner fünfzig Jahre.

DER ELEGANTE HERR *küßt Mitsou die Hand:* »Liebe kleine Freundin! *(Er dreht sich um und sieht die beiden Leutnants im Wandschrank. Leiser Aufschrei.)* Ah! *(Denn er ist nervös. Dann ermannt er sich wieder und versucht, sich ungezwungen zu geben.)* Ich hatte Ihnen doch gesagt, kleine Freundin, daß Ihr Wandschrank nicht groß genug sein würde für all Ihr Spielzeug!«

Die beiden jungen Leute steigen aus dem Wandschrank. Auf ihren Gesichtern steht deutlich die Hoffnung zu lesen, es würde nun endlich wirklich lustig werden.

MITSOU, *an derlei Psychodramen nicht gewöhnt, findet zunächst keine Worte. Dann sagt sie ganz einfach die Wahrheit. Sie deutet auf die beiden Offiziere:* »Die gehören nicht mir, sondern Petite Chose!«

DER ELEGANTE HERR, *bitter:* »Ach, Mitsou!«

MITSOU: »Boudou hat sie in ihrer Garderobe erwischt, und da hat sie sie in meinem Wandschrank versteckt.«

DER BLAUE: »Aus dem wir nun heraussteigen, Madame, um Ihnen unsere Entschuldigungen und unsere Verehrung ergebenst zu Füßen zu legen.«

DER IN KHAKI, *als Echo:* »Tschuldigung ... Verehrung ... Monsieur ...«

DER ELEGANTE HERR, *hochrot:* »Monsieur ... Monsieur ... *(Die Tür schließt sich hinter den beiden Leutnants. Schweigen.)* Mitsou!«

MITSOU: »Was? *(Der Herr schweigt vorwurfsvoll.)* Ach so – deshalb? Das ist doch Unsinn. Ich habe Ihnen doch gesagt, sie gehören Petite Chose. Ich kann keine Ausreden erfinden. Schon daran, wie dumm ich dastehe, müssen Sie doch sehen, daß ich die Wahrheit sage.«

Der elegante Herr: »Zwei Offiziere! ... Zwei auf einmal! ... Ach, Mitsou, dieses Laster habe ich bisher an Ihnen nicht gekannt ...«

Mitsou, *düster:* »Ich auch nicht. Weder dieses noch ein andres.«

Der elegante Herr, *gerührt:* »Das ist wahr, Mitsou. Aber Sie müssen zugeben, daß allem Anschein nach ... Sie sahen übrigens gut aus. Besonders der Blaue ...«

Mitsou *hebt den Blick zu dem Spiegel, in dem kurz zuvor zwei junge Gesichter zu sehen gewesen waren:* »Finden Sie?«

Der elegante Herr: »Wie heißt er?«

Mitsou, *erstaunt:* »Na sowas! Ich weiß nicht einmal, wie sie heißen, noch wer oder was sie sind.«

Petite Chose, *vom Gang her:* »Bist du da, Mitsou?«

Mitsou, *die Tür öffnend, streng:* »Ja, komm nur herein, du!«

Petite Chose, *außer Atem:* »Du hast sie also weggeschickt? Zum Glück habe ich sie noch getroffen, sie sind eben hinuntergegangen.«

Mitsou: »Entschuldige dich erst einmal bei meinem Freund! Den hat fast der Schlag getroffen! Stell dir nur vor: er kommt und findet zwei Soldaten in meinem Schrank ...«

Petite Chose, *sich in gewohnt schmeichlerischer Weise dicht an den eleganten Herrn anschmiegend:* »Wirklich? Das tut mir aber leid! Sie dürfen mir nicht böse sein – auch Mitsou dürfen Sie nicht böse sein. Sie sind doch so entzückend! Haben Sie sie gesehn, Monsieur? Vor allem der Blaue. Der hat Augen ...«

Der elegante Herr, *neidisch:* »Was für Augen denn?«

Petite Chose, *leidenschaftlich:* »Feurige Augen! Und erst sein Mund! Finden Sie nicht, Monsieur? Mitsou, hast du seinen Mund gesehn? Und seine Nasenflügel? Hübsche, kleine Nasenflügel, die zittern, wenn er tief atmet ... Übrigens, wenn man's recht bedenkt, ist der in Khaki ebenso hübsch. Er hat einen wunderbaren Teint. Haben Sie das bemerkt, Monsieur?«

Der elegante Herr, *trocken:* »Ich muß gestehen, daß ich dem nicht so viel Aufmerksamkeit geschenkt habe wie Sie.«

Petite Chose, *begeistert:* »Ach! Mir entgeht nicht so leicht etwas! Monsieur, Monsieur, Sie werden das Ballett der rasenden Kabylen versäumen!«

Der elegante Herr: »Das habe ich bereits gesehen.«

Petite Chose, *ganz Weltdame:* »So bleiben Sie uns also erhalten. Welch ein Fest!«

Der elegante Herr: »Nein, denn ich muß zu meinen Gästen zurück, zwei Mehlexporteuren, die ich im Parkett zurückgelassen habe.«

Petite Chose: »Zwei Mehlexporteure? Oh! Schicken Sie sie mir doch! Sehen sie gut aus?«

Der elegante Herr: »Der eine ist mein Onkel, der andere dessen Schwager.«

Petite Chose, *als ob sie Bitterwasser zu schlucken bekäme:* »Man muß nicht von allem haben!«

Abgang des eleganten Herrn.

Mitsou, *in belehrendem Tonfall:* »Da siehst du, in was für Unannehmlichkeiten du mich mit deinen Uniformierten fast gebracht hättest! Glücklicherweise habe ich es mit einem intelligenten Mann zu tun!«

Petite Chose, *in nicht minder belehrendem Tonfall:* »Ein intelligenter Mann ist jeden Tag darauf gefaßt, Hörner aufgesetzt zu kriegen, oder er ist kein intelligenter Mann. Und Unannehmlichkeiten? Was ist das schon Besonderes? Das ganze Leben besteht aus Unannehmlichkeiten!«

Sie rollt sich zappelnd auf dem Sofa zusammen, nur die Knie hält sie still, um die Beintrikots zu schonen.

Mitsou, *würdig und verdrossen:* »Gott sei Dank habe ich in den drei Jahren, seit ich mit Pierre beisammen bin, vergessen, was Unannehmlichkeiten sind.«

Petite Chose *reißt ihre kleinen Augen ungläubig auf:* »Nein! Wirklich? Nicht ein einziger Streit? Keine einzige Versöhnungsszene?«

Mitsou: »Nicht so viel! Er streitet nie mit mir. Und ich nicht mit ihm: Eintracht.«

Petite Chose: »Na, sehr spaßig kanns ja nicht zugehn bei dir zu Haus! Und was ist mit der Front?«

Mitsou: »Welche Front?«

Petite Chose, *außer sich:* »Welche Front? Die Front! Der Schützengraben! Der Krieg! Du wirst doch irgend jemanden, den du liebst, an der Front haben?«

Mitsou: »Nein, denn ich bin seit Juni 1914 mit Pierre beisammen.«

Petite Chose, *die Füße gegen die Zimmerdecke erhoben:* »Als ob das ein Grund wäre! – Apropos, die beiden Kleinen, die Hübschen meine ich, wo sind die eigentlich an der Front?«

Mitsou: »Keine Ahnung.«

Petite Chose: »Hast du sie denn nicht gefragt?«

Mitsou: »Nein.«

Petite Chose: »Wovon habt ihr denn dann gesprochen?«

Mitsou: »Ich weiß nicht ... Warte ... Sie haben mich gefragt, ob ich mit meinen Rollen in der Revue zufrieden bin.«

Petite Chose, *in die Höhe springend:* »Deine Rollen! Die Revue! ... Sind das Gespräche mit Leutnants auf Urlaub? Wo bist du denn erzogen worden? O weh, ich habe ihre Adresse nicht! Aber die brauche ich! Unbedingt!«

Pfeilgeschwind stürzt sie zur Tür hinaus. Wiederauftritt der alten Garderobiere. Sie tritt lautlos ein. Mitsou, in Nachdenken versunken, hört sie nicht.

Die alte Dame, *dicht an Mitsous Ohr mit kaum hörbarer Stimme:* »Man ist schon bei den ›Gefangenen Blumen‹ angelangt «

Mitsou *fährt zusammen, legt eine Hand aufs Herz und schreit:* »Ha! Sie, Sie werden's noch dahin bringen, daß ich an einem Herzschlag sterbe! Ich möchte bloß wissen, wo Sie sich diese Gespenstermanieren angewöhnt haben.«

Die alte Dame, *flüsternd:* »Ich war vor dem Krieg Krankenpflegerin ...«

Mitsou: »Wie viele haben Sie denn auf dem Gewissen, die vor Schreck gestorben sind? Geben Sie mir meine Lanze! ...«

Sie ergreift eine rosenumrankte Holzlanze und betrachtet im Spiegel ihr reizendes Bild. Wie wenig unterscheidet sich doch in einem sehr jungen Antlitz der Ausdruck stiller Heiterkeit von dem grundloser Verzweiflung! ... Petite Chose stürzt herein, schwingt eine Karte und hüpft auf beiden Beinen umher.

Petite Chose, *schreiend:* »Ich habe sie! Ich habe sie! Die Namen, die Adressen, die Feldpostnummer! Alles!«

Mitsou: »Sind sie schon fort?«

Petite Chose: »Fort? Sie wollen überhaupt nicht mehr fort. Sie sagen, es ist hier viel lustiger als im Saal. Ich spiele meine Szene, so schnell ich kann, und komme dann wieder.«

Mitsou: »Wo sind sie denn?«

Petite Chose: »In der Kostümkammer von Christophette Colombe. So ein Spaß, sag' ich dir! Wir schieben ihnen unter dem Vorhang Bier und Brötchen durch. Wir sind halbtot vor Lachen!«

Sie entflieht, vor Freude glucksend. Mitsou geht mit dem betretenen Gesichtsausdruck eines bestraften Kindes resigniert und brav zur Bühne hinunter.

2

Zwei Tage später. Derselbe Ort. Zehn Uhr. Mitsou vor dem Schlußbild »Der rote Sieg«. Ihr Kostüm besteht aus einem Hauch von feuerrotem Musselin und einer Art Bauchlatz aus purpurfarbenem Samt. Dazu trägt sie einen versilberten Holzdegen.

MITSOU, *gähnend:* »Ich weiß nicht, was mit mir los ist heute abend. Mein Magen krampft sich zusammen und die Rippen tun mir weh. Ich muß zu viele Kalorien gegessen haben, wie mein Freund immer sagt. *(Die mit dem Orden der Akademie geschmückte alte Dame in Pantoffeln nickt verständnisvoll mit dem Kopf.)* Wissen Sie vielleicht, was Kalorien sind?«

DIE ALTE DAME: »Selbstverständlich.«

MITSOU: »Also ich – wenn mir mein Freund die Sache mit den Kalorien erklärt, da glaube ich zuerst immer, diesmal werde ich's verstehen, und dann versteh ich's doch wieder nicht. *(Melancholisch:)* So geht's mir mit allem übrigens. Er hat kein Glück mit mir. *(Schweigen. Mitsou betrachtet ihr Spiegelbild. Plötzlich:)* Und dieses Rot wächst mir jetzt schon zum Hals heraus. Zuerst die ›Rose Jacqueminot‹, dann die ›rote Seele des Sieges‹ – hol's der Kuckuck! Wie weit sind denn die da unten?«

DIE ALTE DAME, *neckisch und gebildet:* »Chi lo sa?«

MITSOU: »Nein, nein, geben Sie sich keine Mühe. Das macht mir keinen Eindruck. Gehen sie lieber zur Tür und horchen Sie.«

DIE ALTE DAME, *nachdem sie die Tür geöffnet hat:* »Sie

sind bei der ›Panne der exotischen Lebensmittel‹. Ich höre die Stimme von Mademoiselle Petite Chose.«

Mitsou: »Sie haben aber gute Ohren. *(Schweigen. Es klopft.)* Wer ist da?«

Eine Stimme: »Ein Paket für Mademoiselle Mitsou.« *(Die alte Dame nimmt das Paket und reicht es Mitsou.)*

Mitsou *wendet das Paket, ehe sie die Schnur durchschneidet, um und um:* »Was ist denn heute für ein Festtag?«

Sie macht das Paket auf. Es enthält zwei hübsch geschliffene und gravierte Flaschen, eine Puderdose und einen Brief.

Mitsou, *langsam lesend:*

Madame,

ich bin der blaue Leutnant, ich allein, denn der Urlaub meines Kameraden in Khaki ist früher zu Ende als der meine. Als ich vorgestern abend das Theater verließ, kam mir der Gedanke, daß Sie wohl Ihre ganze Monatsgage für den Kauf des 16-PS-Renouhard, der auf Sie wartete, verwendet haben dürften, denn in Ihrem Ankleidezimmer quillt der Puder aus der Originalschachtel, und das Eau de Toilette trägt noch die Etikette des Kaufhauses, aus dem es stammt. Wollen Sie zum Dank für eine Ihnen aufgedrängte Gastfreundschaft diese Kristallgegenstände annehmen und für Puder und Verveine-Parfum verwenden? Leider sind sie nicht gerade erlesen schön, aber – ich sage es auf die Gefahr hin, Sie einigermaßen brutal in Erstaunen zu versetzen – es ist Krieg!

Mit dem Ausdruck ehrfurchtsvoller Hochachtung

der blaue Leutnant

Mitsou *betrachtet, nachdem sie sehr aufmerksam gelesen hat, die drei Gegenstände, dann den Brief, dann wieder die drei Gegenstände und beginnt schließlich ganz leise nochmals zu lesen:* »Madame, ich bin der blaue Leutnant ... *(Laut zu der alten Dame:)* Aber warum nennt er mich Madame?«

Die alte Dame: »Aus Zartgefühl.«

Mitsou: »Kann sein, daß das zartfühlend ist, aber höflich ist es nicht. Geben Sie mir einmal die Puderdose her, damit ich meinen Puder hineintue.«

Die alte Dame: »Das ist keine Puderdose.«

Mitsou: »Keine Puderdose?«

Die alte Dame: »Nein, es ist ein Konfitürentopf.«

Mitsou, *verletzt:* »Ein Konfitürentopf? Warum nicht gleich eine Kaffeekanne?«

Die alte Dame, *hartnäckig:* »Weil es ein Konfitürentopf ist. Eine sehr hübsche Konfitürenschale im Restaurationsstil. Aber Sie können trotzdem Puder hineintun.«

Mitsou: »Ein Glück, daß Sie mir wenigstens das erlauben. *(Klingeln auf dem Gang. Mitsou erhebt sich jäh.)* Ich komme dran! Schnell, meinen Degen! ... Wenn es Ihnen nicht zuviel Mühe macht, dann, bitte, tun Sie, während ich auf der Bühne bin, den Puder in den Konfitürentopf und das Verveine-Parfum in die Flaschen ... in beide Flaschen, damit es zusammenpaßt.«

Sie geht hinaus: Die alte Dame beginnt sich höchst seltsam zu betragen, das heißt, sie füllt in der Tat die Flaschen, schüttet sich dabei keinen Tropfen Parfum auf ihr Taschentuch oder in ein eigenes Fläschchen, unterläßt es – obwohl sie allein ist – aufzuschnupfen, zu rülpsen oder in der Nase zu bohren, liest den offen auf dem Tisch liegenden Brief nicht, klaut keine Watte ... Offenbar ist sie eines jener Originale, wie man sie erst seit dem Krieg antrifft. Es klopft ...

Die alte Dame *verbirgt Brief und Umschlag hastig in ihrer Schürzentasche:* »Herein!«

Der elegante Herr, *immer noch fünfzigjährig, besonders fein gekleidet:* »Ist Mademoiselle auf der Bühne?«

Die alte Dame: »Ja, mein Herr! Es ist eben das Bild ›Der rote Sieg‹«.

Der elegante Herr *erblickt die Kristallgegenstände und fährt zusammen:* »Was ist das?«

Die alte Dame: »Zwei Parfumflaschen und eine Puderdose. Ich sage Puderdose, aber eigentlich ist es ein Konfitü...«

Der elegante Herr, *unterbrechend:* »Woher ist das?«

Die alte Dame: »Von Dauvel, wie Sie sehen. Es steht auf der Etikette.«

Der elegante Herr, *ungeduldig:* »Wer hat es geschickt?«

Die alte Dame: »Das weiß ich nicht. Wahrscheinlich hat Mademoiselle die Dinge selbst gekauft? Mademoiselle war nicht sehr gut ausgestattet, was die Toilettengegenstände anbetrifft.«

Der elegante Herr, *bestürzt:* »Nicht gut ausgestattet?! Fürchterlich sieht es hier aus! Hundertmal wollte ich schon ... Aber sie hat mir immer gesagt, daß die Garderobe in einer Music Hall ... und daß überdies für Kriegsrevuen ...«

Die alte Dame, *gerührt:* »Wie großherzig von ihr!«

Der elegante Herr, *fortfahrend:* »... daß für Kriegsrevuen, die mitunter nicht mehr als fünfzehn Aufführungen erleben ... *(Er geht sehr aufgeregt hin und her)* Ich versichere Ihnen, ich habe darauf bestanden ... Mein Tapezierer sollte das alles hier ...«

Er hält wieder inne. Der elegante Herr beginnt seine Sätze mit beeindruckender Leichtigkeit, beendet sie jedoch nur selten. Schweigen. Mitsou kehrt aus dem »Roten Sieg« zurück, erhitzt als käme sie aus einem Dampfbad. Sie hat unterwegs ihren purpurfarbenen Latz aufgeknöpft und den goldenen Lorbeerkranz abgenommen; ihren silbernen Degen schleift sie wie einen Besenstil hinter sich her.

MITSOU, *außer Atem:* »Ha! Ist das heute eine Menschenmenge! *(Ihren Freund erblickend:)* Ach, Sie sind da?«

DER ELEGANTE HERR *küßt ihr die Hand:* »Kleine Freundin! ...«

MITSOU *bemerkt, daß der Brief verschwunden ist:* »Sie sehen, mir ist ziemlich heiß. Haben Sie jetzt ein Abonnement hier? Oder machen Sie Petite Chose den Hof? *(Sie setzt sich und streift die Schuhe ab; der Seufzer, den sie dabei ausstößt, kommt durchaus nicht aus einem bewegten Herzen.)* Oh, meine armen Füße!« *(Sie beobachtet das Gesicht des eleganten Herrn im Spiegel.)*

DER ELEGANTE HERR: »Mitsou?«

MITSOU, *sich abschminkend:* »Ja, ja – ich bin's ...«

DER ELEGANTE HERR: »Diese Kristallsachen sehe ich heute zum erstenmal.«

MITSOU: »Ich auch.«

DER ELEGANTE HERR: »Haben Sie sie selbst gekauft?«

MITSOU: »Muß ich mir denn alles selber kaufen?«

DER ELEGANTE HERR: »Ja, aber dann ... Woher kommen ... Was bedeuten ...«

MITSOU, *deren von Vaseline glänzendes Gesicht wie eine sich auflösende Rose aussieht:* »Sie sind ein Geschenk eines Bewunderers.«

DER ELEGANTE HERR: »Ach so! Und dürfte man seinen Namen erfahren?«

MITSOU: »Sie dürften vielleicht, aber ich weiß ihn selber nicht.«

Es fällt ihr plötzlich auf, daß sie die Wahrheit sagt und ihre Behauptung doch nicht glaubhaft klingt; sie wechselt mit ihrem Spiegelbild einen Blick, in dem zum erstenmal ein boshaftes Teufelchen aufblitzt: die List ...

DER ELEGANTE HERR, *gereizt:* »Madame belieben zu scherzen!«

MITSOU *wendet sich mit ungewohnter Heftigkeit um:* »Madame? Seit wann bin ich Madame?«

DER ELEGANTE HERR, *verwirrt:* »Aber, Mitsou ... das ist eine Redensart ... Man sagt ›Madame belieben zu scherzen‹, so wie man sagt ›Madame sind zu gütig‹« ...

MITSOU, *steif:* »Ich beliebe aber nicht zu scherzen und bin heute abend nicht zu gütig!«

DER ELEGANTE HERR: »Aber, Mitsou!«

MITSOU, *in Hitze geratend:* »Wirklich unglaublich!«

DER ELEGANTE HERR: »Was ist unglaublich?«

MITSOU, *im selben Ton:* »Sie suchen Streit mit mir. Sie fragen mich: Wer hat diese Glassachen geschickt? Und ich antworte Ihnen: Ich weiß es nicht, weil ich es wirklich nicht weiß. Es ist nicht meine Art, Lügengeschichten zu erzählen. Wenn ich bei Premieren Blumen oder sonst etwas geschickt bekomme, zeige ich Ihnen dann etwa nicht immer die Karten und alles?«

DER ELEGANTE HERR: »Aber gewiß, Mitsou!«

MITSOU: »Na also! Und wenn ich nun behaupte, daß ich die Person, die mir diese ... diese ... *(mit einem fragenden Blick auf die Garderobiere:)* diesen Konfitürentopf geschenkt hat, nicht kenne, so heißt das, daß ich sie wirklich nicht kenne!«

DER ELEGANTE HERR, *der in den zwei Jahren einer Liaison ohne Wolken und ohne Sonnenschein noch nie so viel zu hören bekommen hat:* »Aber ja, Mitsou. Beruhigen Sie sich, kleine Freundin! Das macht die Hitze ... Und dann, drei Matineen in der Woche ... Ich werde Ihnen morgen eine Flasche Kognak aus dem Jahre 1848 schicken lassen ...«

MITSOU, *nervös, während sie sich ankleidet:* »Nein, danke! Genug Flaschen, bloß keine Flaschen mehr! Und nun nichts als fort von hier! *(Mit einem feindseligen Blick auf ihren Ankleideraum:)* Ekelhaft ist es hier. Alle Krankheiten kleben an den Wänden. Und dieser Tisch! ... Puh!«

Der elegante Herr: »Aber Sie selbst wollten doch niemals ... Morgen lasse ich meinen Tapezierer kommen und ...« *(Es klopft.)*

Mitsou, *sehr nervös zusammenfahrend.* »Wer ist da?«

Eine Stimme: »Madame Mitsou?«

Mitsou: »Ja! Was gibt's?«

Die Stimme: »Der Chauffeur von Madame läßt Madame sagen, daß er Madame an der Ecke der Straße erwartet, weil die Schutzleute ihn nicht wie sonst vor dem Haus halten lassen.«

Der elegante Herr: »Gut, gut! Hier! *(Er öffnet die Tür einen Spalt weit, um ein Trinkgeld hinauszureichen. Als er sich umdreht, bemerkt er zu seiner Verblüffung Tränen in Mitsous Augen.)* Mitsou! Was fehlt Ihnen denn, kleine Freundin?«

Mitsou: »Nichts fehlt mir ... *(Stotternd:)* Das macht ... die Hitze ... Und dann drei ... drei Matineen in der Woche ... *(Plötzlich schluchzend:)* Und dann ... und dann, was haben sie nur alle heute abend, warum nennen sie mich denn alle Madame ... diese Rohlinge!« *(In Tränen aufgelöst geht sie ab, gefolgt von dem sehr bestürzten eleganten Herrn ...)*

3

Bei Mitsou. Eine Parterrewohnung mit »allem Komfort«, das heißt mit dem Komfort, den man für dreitausend Francs Miete in der Gegend des Trocadéro bekommt. Zwei ziemlich große Zimmer mit den Fenstern zur Straße, zwei kleinere nach dem Hof hinaus. Der Hof ist selbstverständlich »ein großer, heller, mit Topfgewächsen begrünter Hof«. Badezimmer, Ankleidezimmer, Küche und Speisekammer liegen zwischen den Hof- und den Straßenräumen in einer eher düsteren Zone; aus einem schmalen Lichtschacht fällt ein bläulicher Schimmer, der mit der elektrischen Beleuchtung ein unangenehmes Zwielicht ergibt. Man atmet hier unweigerlich einen öden Geruch von Keller, Gas, Spülwasser und Messingputzmitteln.

Mitsous Einrichtung ist höchst merkwürdig, obwohl ihre Absichten bestimmt die besten waren. Sobald ihre Einkünfte es ihr gestatteten, hat sie ehrfürchtig und emsig zusammengetragen, was sie in den armen Tagen ihrer Kindheit neidvoll bewundert hatte. Alles ist da: eine Merowingerkrone aus Kupfer hängt als elektrische Lampe über dem Eßtisch, ihre bunten Glassteine spiegeln sich in einem trostlosen Service aus weißem Porzellan mit Goldmonogramm von vorschriftsmäßiger Eleganz. Und echte Damasttischtücher, meine Liebe! Und ein großes, reichverziertes Rokoko-Himmelbett, über das geschnitzte Amouretten eine Wolke gestickten Tülls herabfallen lassen. Und eine dreiteilige – ach, warum nicht hundertteilige! – Chaiselongue, bespannt mit Seidendamast. Neben der Chaiselongue steht ein kleiner Damenschreibtisch, den man am liebsten fragen würde, ob er sich nicht im Stockwerk geirrt habe, so wenig paßt dieses altehrwürdige, grazile Möbel von der Farbe welkender Rosen in diese Umgebung.

Wenn die Bettwäsche auch nicht besonders fein ist, so trösten wir uns damit, daß Mitsou, um die haltbare Ware zu verschönern, sie mit einer Unmenge von Hohlsäumen und einer breiten Zwirnspitze versehen hat lassen. Daß das Badezimmer blauweiß gehalten ist, versteht sich von selbst. Soll ich auch noch den modernen und »sehr praktischen“ Toilettentisch schildern? – eines jener handwerklichen Meisterstücke, das die Reize eines Zahnarztstuhles mit dem Charme eines Patentschlosses und der Schönheit eines amerikanischen Büroschreibtisches in sich vereint.

Was den Salon anlangt ... Doch nein, über den spreche ich nicht. Ich habe den Leser schon genug gequält.

Einen kurzen Blick nur möge er auf die Rokoko-Bukette werfen, auf die falschen oder echten Porzellanfigürchen, die Miniaturtabatieren – und, nicht zu vergessen, auf ein hochmodisches Kissen, das sich in wohlgenährter Frechheit breitmacht, bunt gefleckt wie die Wange eines Clowns, kreuz und quer gestreift wie ein Eisenbahnsignal, ein Jockeygewand oder ein Handtuch, das eine ganze Woche lang zum Abschminken gedient hat ... Zurückweichen wird der geneigte Leser schließlich vor dem Sofa, einer irrwitzigen Kombination aus Bronzebeschlägen, violettem Samt und Einlegearbeiten in farbigen Hölzern und Perlmutt ... Begeben wir uns also zu Mitsou zurück in ihr Boudoir (ein Hofzimmer), das neben dem Schlafgemach (einem Hofzimmer) liegt. Nutzloser Sonnenschein fällt von der Straße her in den Salon und das Eßzimmer, geheiligte Räume, die Mitsou für »Empfänge« reserviert – was also besagen will, daß sie nie den Fuß hineinsetzt.

Es ist halb zwölf Uhr mittags. Mitsou widmet sich häuslichen Pflichten: bewaffnet mit jenem frivolen Gegenstand, der nichts reinigt, aber auch niemanden beschmutzt

– einem Flederwisch – liebkost sie die Kunstgegenstände ihres Boudoirs. Sie trägt einen rosafarbenen Pyjama, der an den Knöcheln, an den Handgelenken und am Hals mit Tüllvolants eingefaßt ist; das Haar hat sie zu einer chinesischen Frisur aufgesteckt.

MITSOU, *zum Stubenmädchen:* »Zwanzigmal habe ich Ihnen schon gesagt: die elektrischen Lampen gehören hierher, möglichst weit weg von der Wanduhr – und die Kerzenleuchter hierher, möglichst nah dran.«

DAS STUBENMÄDCHEN, *müde und blaß wie alle notorisch unausgeschlafenen Stubenmädchen:* »Ach ja, das vergeß' ich immer.«

MITSOU *betrachtet sie:* »Sie sehn heute aus, als ob Sie sich den Magen verdorben hätten.«

DAS STUBENMÄDCHEN, *einfach:* »Nein, Mademoiselle, es ist nur der achttägige Urlaub meines Bräutigams, der heute früh abgelaufen ist.«

MITSOU: »Ach so! Ist es immer noch derselbe? Der Korporal?«

DAS STUBENMÄDCHEN: »Ja, freilich! Nur ist er jetzt nicht mehr Korporal, sondern Feldwebel.«

MITSOU, *aufhorchend:* »Aha! Was für eine Uniform hat er denn jetzt?«

DAS STUBENMÄDCHEN, *erstaunt:* »Was für eine Uniform? Eine Zuavenuniform.«

MITSOU, *gleichgültig:* »Ach so, ein Zuave. Die sind nicht blau, die Zuaven ... *Das Telephon klingelt:* Heben Sie ab?«

DAS STUBENMÄDCHEN, *zurückkehrend:* »Der gnädige Herr läßt Mademoiselle sagen, seine Sitzung wird so lange dauern, daß er nicht zum Mittagessen kommen kann.«

MITSOU, *gleichgültig:* »Gut ... *(Trällernd:)* Gut – gut – gut – gut ... Sagen Sie Julienne, sie soll die Auberginen lassen. Ich mag sie nicht.«

Schweigen. Staubwischen. Mitsou weiß nicht, was saubermachen heißt. Sie kann an Blumen in einer Vase herumnesteln und dreimal hintereinander die Falten eines Vorhanges ordnen. Aber Kupfer blank zu putzen, einem Spiegel den Glanz klaren Wassers zu verleihen, Palisanderholz so zu polieren, daß es wie dunkles Öl glänzt – das wird Mitsou erst lernen, wenn sie die ersten Falten bekommt, Fett anzusetzen und geizig zu werden beginnt.

MITSOU, *plötzlich und laut:* »Louise! *(Das Stubenmädchen kehrt zurück)* Wenn das so ist, dann bin ich heute Mittag ganz allein.«

DAS STUBENMÄDCHEN: »Wie so oft.«

MITSOU, *ärgerlich:* »Wie so oft, ja vielleicht. Aber heute wird mir das den Appetit verderben ...«

DAS STUBENMÄDCHEN: »Mademoiselle könnten Ihre Frau Mutter einladen.«

MITSOU: »An einem Samstag? Nein, ihre Samstagskunden würde Mama für ein Mittagessen mit mir doch nicht aufgeben! Samstag legt sie der Herzogin von Montmoreau die Karten und sagt einem Gemeinderat aus dem Kaffeesatz die Zukunft. Was denken Sie! ...«

DAS STUBENMÄDCHEN: »Oder den Gesangslehrer?«

MITSOU, *empört:* »Damit ich wieder sein Gebiß klappern höre, wenn er ißt? Ich danke! Haben Sie nichts Besseres vorzuschlagen? *(Einer plötzlichen Eingebung folgend:)* Aber rufen Sie doch Mademoiselle Petite Chose an – das wäre eine Idee.

DAS STUBENMÄDCHEN: »Hat Mademoiselle Petite Chose denn ein Telephon?«

MITSOU: »Wagram 66-66.«

DAS STUBENMÄDCHEN: »Wagram 66-66? Das ist doch die Nummer unseres Milchhändlers.«

MITSOU: »Unseres Milchhändlers? Sie scherzen.«

DAS STUBENMÄDCHEN: »Mir ist nicht nach Scherzen

zumute. Vor einer Stunde erst hab ich diese Nummer angerufen, weil Julienne den Reibkäse vergessen hatte.«

Mitsou, *unsicher:* »Verlangen Sie die Nummer trotzdem ... Ich fresse einen Besenstiel, wenn ich mich irre!«

Das Stubenmädchen *geht telephonieren und kommt mit angewiderter und hochmütiger Miene zurück:* »Mademoiselle Petite Chose hat zugesagt.«

Mitsou: »Na, sehn Sie!«

Das Stubenmädchen: »Mademoiselle wohnt im Hinterhaus des Milchhändlers. Er gestattet ihr, das Telephon zu benützen. Ich habe ja gesagt, daß Mademoiselle nicht aussieht wie jemand, der ...«

Mitsou *unterbricht sie streng:* »... der ein Stubenmädchen hat, das mit zerzaustem Haar, in dem auch noch die Bettfedern hängen, herumläuft. Gehen Sie sich kämmen. Ich will in meinem Haus keine hängenden Strähnen sehen, wo bei mir selbst jedes einzelne Haar glatt frisiert ist!«

Das Stubenmädchen geht. Nachdem Mitsou noch den Staub von einer Vitrine aufgewirbelt hat, in der wahrlich kein sehenswerter Gegenstand zur Schau gestellt ist, legt sie den Flederwisch fort und kleidet sich an, was eine Angelegenheit von fünf Minuten ist. Sie trägt Schuhe aus Antilopenleder, ein Höschen aus rosa Voile, und ihr Oberkörper schimmert durch das Hemd wie eine erlesene Traube durch ein Tüllsäckchen. Darüber wird nun ein Kinder- oder Großmamakleid gezogen, ein Kleid aus grünem Taffet, das weder Taille, noch Gürtel, noch Sattel, noch Kragen, mit einem Wort überhaupt nichts hat, nicht einmal einen Unterrock über den Waden.

Mitsou ist damit beschäftigt, sich die Fingernägel zu maniküren – das heißt, sie mit viel zu viel Lack zu bemalen –, als Petite Chose, lärmend und zappelig wie ein Foxterrier, zur Tür hereinkommt. Wenn sie einen Augenblick stillhielte, würde man bemerken, daß ihr Jerseykostüm aus dem billigsten Warenhaus stammt, daß ihr Hut aus Papierfilz besteht und daß sie recht abgenützte Schuhe trägt; niemals aber wird sie einem die Muße gönnen, dies zu beobachten. Der Kragen aus grauem Hasenfell gibt ihrem Sommerkostüm einen modischen Anstrich und reicht ihr bis zu den Augen, die man als blau bezeichnen kann – zumindest die Lider sind blau.

PETITE CHOSE *tritt nach Küssen, Umarmungen und Begrüßungsrufen einen Schritt zurück:* »Wieso fällt dir eigentlich ein, mich zum Mittagessen einzuladen?«

MITSOU *verlegen:* »Ich weiß nicht ... das schöne Wetter ..., die Auberginen ... magst du Auberginen?«

PETITE CHOSE: »Warum nicht?«

MITSOU: »Ich dachte mir, daß du das gerne essen würdest. Leg doch deinen Pelzkragen ab und deinen Hut. Wir sind ganz unter uns.«

PETITE CHOSE: »Hübsch ist es bei dir! Ich bin nur einmal abends auf einen Sprung hier gewesen, aber bei Lampenlicht kann man eine Wohnung nicht so beurteilen. Was für ein Glück, daß du hier keine Sonne hast, sonst schießen nur die Tapeten, und auch manche Bilder vertragen kein Sonnenlicht.«

MITSOU, *bescheiden:* »Oh, ich habe nichts Besonderes hier, aber es ist alles ganz persönlich. Ich habe bei der Einrichtung niemanden um Rat fragen wollen.«

PETITE CHOSE: »Ja, man muß selber wissen, was einem gefällt. Was Möbel anlangt, darf man nie auf andere Leute hören. Ich zum Beispiel habe ja nur ein bescheidenes Quartier, aber wenn ich auf die anderen gehört hätte, dann hätte ich schon längst meine ganze Sammlung zum Fenster hinausgeschmissen.«

MITSOU: »Was für eine Sammlung?«

PETITE CHOSE: »Eine Sammlung von Reiseerinnerungen.«

MITSOU, *erstaunt:* »Bist du denn so viel gereist?«

PETITE CHOSE: »Ich? Nie. Es sind Reiseerinnerungen von Bekannten. Vor dem Krieg habe ich Leute aus aller Herren Länder gekannt.«

MITSOU: »Das muß ja sehr interessant sein ...«

PETITE CHOSE, *verächtlich:* »Ach, jetzt will ich von Ausländern nichts mehr wissen, diese Zeiten sind vorbei. Seit dem Krieg interessiere ich mich nur mehr für Khaki oder Blau ...«

MITSOU, *lebhaft:* »Ja, ich wollte dich nämlich gerade ...«

DAS STUBENMÄDCHEN: »Mademoiselle, das Essen ist angerichtet.«

MITSOU: »Nach dem Essen muß ich dich noch was fragen.«

Sie zieht Petite Chose mit sich. Arm in Arm gehen sie in das Eßzimmer und setzen sich unter die Merowingerkrone. Mittagessen. Sardinen, Radieschen, eine fade Seezunge, ein graues Filet, weiche Pommes frites, gefüllte Auberginen. Mitsou versteht noch nichts vom Essen. Zwar trinken die Damen einen ausgezeichneten Chablis – ein Geschenk des eleganten Herrn –, aber sie wissen ihn nicht zu würdigen.

PETITE CHOSE, *einen Teller betrachtend:* »Man kann sagen, was man will, weißes Porzellan ist doch immer am elegantesten. Noch dazu mit Monogramm! Übrigens – was ist das für ein Name? Hast du dir einen arabischen Namen zugelegt?«

MITSOU: »Nein, das hat mein Freund erfunden. Pierre ist Direktor zweier Aktiengesellschaften. Sie heißen: ›Minoteries Italo-Tarbaises‹ und ›Scieries Orléanaises Unifiées‹, und aus den Anfangsbuchstaben M. I. T. S. O. U. haben wir meinen Namen gemacht – Mitsou.«

PETITE CHOSE, *herausplatzend:* »Nein!«

MITSOU, *ebenfalls in Lachen ausbrechend:* »Doch!«

Petite Chose, *sich windend:* »Ha, ha, ha! Und ich habe erst neulich ... Wie heißt er nur? ... Ach, was weiß ich – einem Freund, den man mir vorgestern vorgestellt hat, gesagt, daß du einen persischen Namen hast.«

Mitsou: »Persisch?«

Petite Chose: »Na ja, so wie das russische Ballett. Wie findest du das? *(Sie lachen.)* Wie gut es doch tut, so zu lachen!«

Mitsou: »Ja, das bringt einen auf andere Gedanken.«

Petite Chose: »Möchtest du denn auf andere Gedanken kommen?«

Mitsou, *ausweichend:* »Nein ... Aber ich weiß nicht, mir ist in letzter Zeit nicht besonders fröhlich zumute.«

Petite Chose: »Das liegt an der Jahreszeit. Mir hat neulich der Arzt im Theater die Brust abgehorcht und mir dann gesagt, ich bräuchte Landluft, gute Ernährung, Ortsveränderung ... Ich hab ihm seinen Verordnungszettel aus der Hand gerissen und drunter geschrieben: Wilson, Poincaré, Albert, Georges, Victor, Emmanuel etc. Zum Kuckuck mit Landluft und gutem Essen! Es lebe das Kriegsende und mein Auto!«

Mitsou: »Das Land! Ich war nie auf dem Land, außer den zwei Autoausflügen mit meinem Freund. Also ich bin eine geborene Pariserin und das Land tut mir nicht gut. Damals, als ich mit Pierre bei den ›Deux Amants‹ gewohnt hab – reg dich nicht auf, so heißt das Hotel – da hat's mich erwischt ... Ich weiß nicht, was es war ... Der Sonnenuntergang und die Wolken und dieser Himmel, der gar kein Ende genommen hat ... Es hat mich umgeschmissen ... Ich war ganz schwindlig ... wie zugeschnürt, so als müßt' ich ersticken. Und dann hab ich fürchterlich zu heulen angefangen und zu Pierre gesagt: Führ mich zurück, hab ich gesagt, führ mich zurück oder ich sterbe! In Paris war dann alles wieder gut. Das Land ist nichts für mich, glaub ich.«

PETITE CHOSE, *leicht beschwipst:* »Auf mich hat die Landluft eine ganz komische Wirkung ... Kaum angekommen, lieg ich schon im Bett ...«

MITSOU: »So krank macht sie dich? *(Durch Petite Choses unanständiges Gelächter aufgeklärt:)* »Aber, Petite Chose, denkst du denn immer nur d a r a n ?«

PETITE CHOSE: »Und du? Denkst du denn nie daran?«

MITSOU, *auch leicht beschwipst, aber melancholisch:* »Doch, manchmal davor ... aber niemals während ...«

PETITE CHOSE, *Arme und Beine gegen den Himmel strekkend:* »Mein Gott! Ist es denn wahr, daß die Freuden der Liebe den Armen vorbehalten sind?«

MITSOU: »Ach, weißt du, reich bin ich ja noch nicht, aber arm war ich auch einmal, und ...« *(Sie schüttelt traurig den Kopf.)*

PETITE CHOSE, *sehr interessiert:* »Wie? Nicht möglich? Aber, meine arme Mitsou, warum begibst du dich auch ... *(da das Stubenmädchen gerade den Kaffee hereinbringt)* ... in die Hände einer Schneiderin, die es nicht versteht, dich jugendlich zu kleiden? Geh doch zu einer anderen ...«

MITSOU: »Nein, das liegt mir nicht, jemanden so im Handumdrehen aufzugeben. Und weißt du, der Gedanke an eine Veränderung, an all die Komplikationen ... Da verlier ich schon im voraus den Mut!« *(Beide lachen.)*

PETITE CHOSE *schnuppert den Duft des Kaffees:* »Ah, der gute Kaffee! Alles kann ich entbehren, nur den Kaffee nicht. Hast du auch Zucker, Mitsou?«

MITSOU: »Aber natürlich!«

PETITE CHOSE: »So viel, daß ich zwei Tassen trinken kann?«

MITSOU: »Selbstverständlich. Eine Portion Kaffee, das reicht immer für zwei Tassen.«

PETITE CHOSE: »Außer im Restaurant.«

MITSOU: »Möchtest du rauchen? Ich habe Zigaretten da.«

Petite Chose, *prahlerisch:* »Ich auch, Madame. *(Sie zündet sich eine an.)* Meine sind sogar militärische. Die zwei Hübschen von neulich haben sie mir geschenkt.«

Mitsou, *Petite Chose die Zigarette aus dem Mund nehmend:* »Zeig her! Welcher von den beiden hat sie dir geschenkt? Der in Khaki oder der in Blau?«

Petite Chose: »Das weiß ich nicht mehr.«

Mitsou: »Hast du sie wiedergesehn? Hast du ...« *(Sie hält inne.)*

Petite Chose *schlürft, beschwipst und etwas ermattet, ein großes Glas Likör aus:* »Ob ich was habe? (*Mitsou schweigt.*) Ach so! Nein, denke dir, ich hatte keine Zeit. Und nun sind sie fort. Aber das macht nichts, ich finde schon wieder andere, ebenso hübsche.«

Mitsou: »Also, du hast nicht mit ihnen ...«

Petite Chose: »Aber nein, sonst würde ich's dir doch sagen.« *(Schweigen, Zigaretten, Kaffee, Likör.)*

Mitsou, *sehr sanft:* »Du bist wirklich lieb, Petite Chose. So gemütlich sind wir noch nie beisammengesessen.«

Petite Chose: »Ja, man kann sich täglich sehen und doch nichts voneinander wissen.«

Mitsou: »Da hast du recht! Meinen Freund zum Beispiel sehe ich seit drei Jahren jeden Tag und kenne ihn nicht besser als am Anfang.«

Petite Chose, *belehrend:* »Ja, aber das ist doch ganz natürlich! Ein ernster Freund ist wie ein Gast. Worüber willst du reden mit ihm? Über sein Haus, über seine Geschäfte ... damit kommt man nicht weit ... ›Guten Tag, Liebster, wie geht es den Kindern? Hat sich der Kleinste schon von den Masern erholt? Dein Geschäftsfreund hat ein Gesicht, das ich mir nie merken kann ... Und die Generalversammlung, war sie lustig?‹ Mit einem Wort, nichts als Banalitäten ... Aber einen Liebhaber, einen Flirt, einen Herzensfreund, den lernt man in dreiviertel Stunden besser kennen als den anderen in drei Jahren.«

Mitsou: »Glaubst du?«

Petite Chose, *entschieden:* »Ich weiß, wovon ich rede, verlaß dich drauf! In dreiviertel Stunden – manchmal in noch kürzerer Zeit – weißt du, was für ein Liebhaber er ist, ob er danach fröhlich oder traurig ist, ob er Geld braucht, ob er eben sein Gehalt gekriegt hat, ob dein Hut ihm gefällt, ob er deine Freundinnen kennt, ob er beim Rennen Wetten abschließt, ob er Lust hat, dich wiederzusehen ... Kurz, alles Wesentliche! Sogar wenn du ihn nie mehr wiedersiehst, bleibt er doch ein Jemand, eine Erinnerung, ein Mensch, der existiert.«

Mitsou, *träumerisch:* »Eine Erinnerung ... Hast du viele ... solche Erinnerungen?«

Petite Chose *schenkt sich noch ein Glas Likör ein:* »Na, und ob ... und ich hoffe, ich werde noch viele sammeln!«

Mitsou, *keusch:* »Aber, Petite Chose! ...«

Petite Chose, *beschwipst:* »Was denn! Was denn, Petite Chose? Was hat Petite Chose denn getan? Selbstverständlich ist es noch nicht aus. Kann denn ich was dafür, daß wir in einer solchen Zeit leben?«

Mitsou: »In einer solchen Zeit?«

Petite Chose, *immer lebhafter:* »In einer Zeit, wie sie vielleicht seit Beginn der Welt noch nicht da war. Hat es das je zuvor gegeben: Straßen voller junger Leute, junge Leute jeder Art, hübsche Burschen, die schon durch ihre Kleidung alle Blicke auf sich ziehen, die jeder Frau begehrliche Blicke zuwerfen und dabei ihre weißen Zähne blitzen lassen? Nein, nicht wahr? Und da will man uns verbieten, ihnen in die Nähe zu kommen? Und da kriegen wir Dinge zu hören wie: ›Der Zynismus der Frauen kennt keine Grenzen! Diese Kreaturen hängen sich an unsere Söhne, unsere Männer, unsere Brüder, unsere Vettern.‹ Darauf kann ich nur antworten: ›Madame! ...‹«

Mitsou, *gerührt, am Likör nippend:* »Wem antwortest du?«

PETITE CHOSE, *ohne sie zu hören:* »›Madame, ich eigne mich nicht fürs Stricken. Ich mag keine Verbände anlegen und kann keine Pakete ins Feld schicken, denn ich habe keinen Pfennig! Ich eigne mich nur für das eine ... Nun, Sie wissen schon! Und wenn ein schöner Kerl vor mir steht, dann werd' ich mich nicht auf dem Absatz umdrehen! Ein schöner Kerl noch dazu, der vielleicht morgen schon in den Tod gehen wird!‹«

MITSOU, *erregt:* »Nein, nein, nicht morgen schon!«

PETITE CHOSE, *fortfahrend:* »›Deshalb, Madame, wenn Sie mich nicht an Armen und Beinen fesseln, werde ich weiter leben wie bisher. Ich werde diese Arme ausbreiten, wann immer es mir beliebt, werde jeden glücklich machen, wenn ich nur Lust dazu habe, einerlei ob's ein Khakifarbener ist, Madame, oder ein Blauer.‹«

MITSOU, *mit einem Aufschrei:* »Nein, nicht den Blauen!«

PETITE CHOSE, *zur Wirklichkeit zurückkehrend:* »Wie? Was? Was ist los? Was für ein Blauer?«

MITSOU, *außer sich:* »Der Blaue! Der mit dem Konfitürentopf. Der den Brief geschrieben hat!«

PETITE CHOSE *springt vom Stuhl auf, läßt ihren Likör im Stich und läuft zu Mitsou:* »Erklär mir, mein Kleines, erklär mir ...«

MITSOU, *ohne Atempause:* »Ich will die Adresse von dem blauen Leutnant haben, den du in meinem Wandschrank versteckt hast, der mir die Glassachen geschenkt hat, der mir geschrieben hat, aber seine Adresse nicht angegeben hat!« *(Sie läßt den Kopf auf die verschränkten Arme fallen.)*

PETITE CHOSE: »Nein, sowas!«

MITSOU *schmiegt sich, den Kopf wieder hebend, an Petite Chose:* »Ich wußte doch, daß du die Adresse hast ... aber ich hab mich nicht getraut, dich gleich darum zu bitten ... Petite Chose, gib sie mir! Bitte, Petite Chose, gib mir die Adresse, seine Adresse ...« *(Sie weint.)*

PETITE CHOSE, *als wäre Mitsou eben das Ehrenkreuz verliehen worden:* »Na also! Gott sei Dank! Das ist ja großartig! Gratuliere! Du sollst sie haben, aber ja, du kriegst sie, die Adresse ... Na endlich, Gott sei Dank!«

Sie wiegt sie mütterlich in den Armen. Küsse, Geflüster, Verschwörung ...

4

Mitsou an den blauen Leutnant

Monsieur,
Ich weiß nicht, wie ich Ihnen für die hübschen Sachen danken soll, die Sie mir geschickt haben. Ich verstehe genug von schönen Dingen, um zu wissen, daß sie von jemandem ausgewählt worden sind, der Geschmack hat. Wenn Sie mir die Freude machen, mich wieder zu besuchen, dann werden Sie in meiner Garderobe vieles verändert finden und sehen, daß Ihr schönes Kristall darin den Ehrenplatz einnimmt.
Mit vielen freundlichen Grüßen

Mitsou

P. S. Wenn das nicht zu indiskret ist, möchte ich Sie nach dem Datum Ihres nächsten Urlaubs fragen.

Der blaue Leutnant an Mitsou

Madame,
Sie haben mich beschämt: Ihnen die bescheidenste, die banalste Kleinigkeit zu schicken und dafür ein Briefchen zu erhalten, aus dem Humor, Ursprünglichkeit und Pariser Anmut leuchten – das ist zuviel, das ist viel zuviel! Wie viele meiner Kameraden würden mich beneiden, wenn ich ihnen dieses Kärtchen zeigte, und sie würden es ohne Zweifel den Anfang eines Abenteuers nennen. Aber diese

Kameraden wissen eben nicht, daß ich kein Abenteurer bin, und daß Sie in der Revue des Empyrée-Montmartre den jugendlichen Ernst, das künstlerische Gewissen und die vornehme Haltung verkörpern – die HALTUNG, groß geschrieben, die zu einem Automobil und einem würdigen Freund gehört. Habe ich auch nichts vergessen? Wenn es doch der Fall sein sollte, entschuldige ich mich im vorhinein, Madame, mit aller Bescheidenheit eines Mannes, der, obwohl Sie seinen Namen und seinen Vornamen kennen, es sich in den Kopf gesetzt hat, zu verbleiben, als der anonyme und ehrfurchtsvolle

blaue Leutnant

Mitsou an den blauen Leutnant

Monsieur,
ich habe mich über Ihren Brief sehr gefreut. Er hat nur vier Tage gebraucht, was nicht viel ist in einer solchen Zeit, ich meine, einer Zeit, die so langsam vergeht. An manchen Tagen vergeht sie noch langsamer als sonst, und man weiß nicht, warum. Es gibt Komplimente, die einem keine Freude machen, ja, die einen sogar traurig stimmen; das fiel mir ein, als ich Ihren Brief las. Es macht mir mehr Freude, Ihre hübsche Schrift zu betrachten, als Ihren Brief nochmals zu lesen; denn es sind Stellen darin, die so aussehn, als ob Sie mich für eine andere hielten, als ich bin. Wenn Sie sie in der Hoffnung geschrieben haben, daß ich sie nicht verstehe, so ist das kein schöner Zeitvertreib für einen jungen Mann wie Sie. Und wenn Sie geglaubt haben, ich würde sie verstehn und verletzt sein, so nehmen Sie bitte zur Kenntnis, daß sie mir nicht viel Eindruck gemacht haben, und daß eine Frau keine Zeit hat, empfindlich zu sein, wenn ihre Gedanken mit etwas beschäftigt sind. Wenigstens weiß ich jetzt, wie sich die französischen Offiziere die ›vornehme Haltung‹ vorstellen: im Tüllhemd mit fraisefarbenen Strümpfen.

Nichts für ungut und auf Wiedersehen. Und vergessen Sie das nächste Mal nicht, daß ich Sie gebeten habe, mir das Datum Ihres nächsten Urlaubs mitzuteilen.

Mitsou

Der blaue Leutnant an Mitsou

Madame,
wenige Briefschreiberinnen dürfen sich gleich Ihnen rühmen, in fünfzehn Zeilen so viel Wesentliches auszudrükken: Ironie, Schicklichkeitsgefühl und die Andeutung eines Geheimnisses. »Das Geheimnis der jungen Diva« – welch schöner Titel für einen Film in dreiundzwanzig Kapiteln! Haben sie also gelogen, diese weit geöffneten Augen, die dem Getriebe des Lebens gleichgültig zuzusehen schienen? Dachten sie doch an etwas? Was die Ironie betrifft, so habe ich, wenn ich nicht wieder für einen Rohling gehalten werden will, kein Recht, mich darüber zu wundern. Man lebt nicht ungestraft in der fiebrigen Atmosphäre der Music Hall und inmitten der alten Witzbolde, die die Revuen verfassen. Ich habe nur einen von ihnen kennengelernt: er war ein glänzender Bürokrat, der das kriegstaugliche Alter längst überschritten hatte. Allabendlich verzeichnete er auf einem Notizblock die Ereignisse, die Witze und die Zoten des Tages in alphabetischer Reihenfolge.
Und was das Datum meines nächsten Urlaubs betrifft, Madame, das bestimmen die Deutschen. Vielleicht in zwei Monaten, falls sie sich brav ruhig verhalten – vielleicht auch nie, wenn sie angreifen. Ist es nicht ärgerlich, daß mein nächster Besuch in Ihrer Garderobe von diesen Leuten abhängt?
Ich verbleibe in aller Ehrfurcht, Madame,

Ihr blauer Leutnant

Mitsou an den blauen Leutnant

Sie haben es entschieden, Sie sind »mein blauer Leutnant«. Sehn Sie, es ist doch komisch mit den Worten. Sage ich »mein Leutnant«, so ist das etwas ganz gewöhnliches, schreibe ich aber »mein blauer Leutnant« hin, wird daraus etwas Herzliches! Petite Chose nannte einen ihrer Freunde »mein violettes Wasserhuhn«, aber ich will überhaupt keine Vergleiche anstellen. Ich möchte Sie nur bitten, mich »Mademoiselle« zu nennen und nicht »Madame«. Ich habe keinen anderen Grund dafür als den, daß ich das nicht leiden kann.

Ich habe in Ihrem Brief nichts »Wesentliches« entdekken können. Vielleicht haben Sie auch nichts dergleichen geschrieben, es sei denn, die Stelle, wo Sie von den armen alten Herren sprechen, die die Revuen verfassen. Diese Stelle hat mir fast geschmeichelt, weil ich das Gefühl hatte, als spräche Ihr Herr Vater mit mir. Ältere Herren machen sich nämlich gerne über das Leben hinter den Kulissen lustig, so als würden sie es kennen, und kichern verschmitzt dazu.

Beim zweiten Lesen Ihres Briefes war mir aber ganz klar, daß Sie ihn geschrieben haben. Ich sah Sie auf einmal vor mir, wie Sie damals im Wandschrank standen, genau so jung. Denn ein Mann muß sehr jung sein, um nicht zu verstehen, daß eine Frau, die sagt, sie denkt an Etwas, damit sagen will, sie denkt an Jemanden.

Leben Sie wohl, mein blauer Leutnant! Petite Chose schickt Ihnen die besten Grüße, und ich wünsche Ihnen von Herzen, daß Ihnen kein Leid geschieht.

Mitsou

Der blaue Leutnant an Mitsou

Mademoiselle Mitsou, mir ist, als könnte ich Ihnen heute nichts als Dummheiten schreiben. Man sollte auch nach zwei durchwachten Nächten – eine davon habe ich als

Wachtposten verbracht – keinen Brief an eine Frau schreiben. Mademoiselle Mitsou, Ihre Einfachheit, Ihre scheinbare Einfachheit beunruhigt mich mehr, als mir lieb ist. Sie denken? Das liegt wohl an unserem Alter. Wir sind beide Jahrgang 93, wenn ich nicht irre. Auch ich denke. Ich denke an meine Familie, an meinen Soldatenberuf, an die flüchtigen, etwas rohen Vergnügungen, die die Urlaubstage mir bringen, an – an meine Marraine, werden Sie jetzt gewiß vermuten! Aber diese Vermutung ist falsch. Ich habe keine Marraine und will auch keine haben. Meine Freunde und Kameraden, die ganze Mannschaft, alles rings um mich lebt in einer wahren Briefschreiborgie, gibt sich einer derartigen Übertreibung des Marrainespieles hin, daß ich nicht die geringste Lust verspüre, dabei mitzutun.

Doch Sie, Mademoiselle Mitsou, »Mitsou, die denkt« – geistert am Ende das freundliche Gesicht meines Kameraden in Khaki durch Ihre Träume? Ach, wie dumm von mir! Es handelt sich – es kann sich nur um einen Zivilisten handeln. Wir Vorübergehenden, wir rufen, schon im Davoneilen, »auf Wiedersehen« ... »bis dann« ... »vielleicht«. Wir geben ein Versprechen, und die Zivilisten halten es. Denn sie sind ja da – vielleicht nicht immer, aber doch zumeist! Oh, wieviel haben sie uns dadurch voraus!

Vielleicht wird mich Ihr nächster Brief in den Rang eines Vertrauten erheben. Es ist ganz recht so, ganz kriegsgemäß, daß der Vertraute seine jungen Jahre im Schützengraben vergeudet und dort den Roman eines glücklichen Geliebten liest, der sein Vater sein könnte. Mademoiselle Mitsou, ich lausche Ihnen. Mein Wohlwollen ist Ihnen sicher, und zwar um eines Satzes willen, der Ihrer zerstreuten Feder gerade in dem Augenblick entschlüpft ist, als ich seiner sehr bedurfte: »Ich wünsche Ihnen von Herzen, daß Ihnen kein Leid geschieht.«

Ihr ehrfurchtsvoller und müder

blauer Leutnant

Mein blauer Leutnant,
ich konnte nicht anders, ich mußte lachen, als ich Ihren Brief las, erstens, weil ich schon so froh war, als ich Ihre Schrift auf dem Kuvert sah, und zweitens, weil Sie schreiben: »ein Satz, der Ihrer zerstreuten Feder entschlüpft ist.« Meine zerstreute Feder! Du lieber Himmel! Man sieht, daß Ihnen das Schreiben leicht fällt. Wie kann denn meine Feder zerstreut sein, wenn ich beim Schreiben doch auf so vieles achten muß, auf die Schrift, auf die Orthographie, auf das, was ich Ihnen verständlich machen will! O nein, ich bin nicht zerstreut, wenn ich Ihnen schreibe. Und jetzt, wo Sie anfangen, eine gute Meinung von mir zu kriegen, darf ich erst recht nicht nachlässig sein oder mich gehen lassen!
Meine Briefe langweilen Sie also nicht zu sehr? Was soll ich dann erst über Ihre Briefe sagen! Sie werden es vielleicht nicht glauben, aber ich habe noch nie mit jemandem korrespondiert. Ich bin aus Paris und rühre mich nicht weg von hier. Die Bekannten, die ich habe, sind auch alle aus Paris, und die Pariser geben lieber drei Sous fürs Telephon aus, als daß sie einen Brief schreiben. Ich möchte, daß Sie verstehen, was für ein Ereignis in meinem Leben es bedeutet, daß ich nun anfange, Briefe zu schreiben, und noch dazu Briefe an Sie. Ich kann nicht abschätzen, wie groß der Unterschied zwischen den Briefen ist, die ich Ihnen schreibe, und denen, die Sie verdienen würden. Aber ich schreibe Ihnen, ohne zu lügen. Und so dumm diese Mitsou auch sein mag, sie wird es schon merken, wenn die Zeit gekommen ist, wo sie Ihnen nicht mehr schreiben soll. Solche Sachen lernt man, Gott sei Dank, auch ohne etwas von Grammatik zu verstehen.
Ich gebe zu, daß ich in meinen vorletzten Briefen versucht habe, mich ein wenig über Sie lustig zu machen. Warum

auch nicht? In der kurzen Zeit, die ich Sie gesehen habe, sind Sie mir so jung vorgekommen, so ernst – ganz wie eine männliche Mitsou. Genau wie Mitsou haben Sie Angst, daß man Sie nicht genügend achtet, Sie nehmen Ihren Beruf genau so ernst wie sie, und vielleicht sagen Sie auch wie sie: »Vergiß nicht, daß du vierundzwanzig bist und daß Spaß und Scherz erst im reiferen Alter erlaubt sind.«
Weil ich diese Vorstellung von Ihnen habe, fühle ich mich bereit, Ihnen alles zu verzeihen und Ihnen nichts durchgehen zu lassen. Ich bilde mir gerne ein, daß wir irgendwie miteinander wetteifern, daß wir Rivalen sind wie zwei Freunde oder wie Zwillinge. Das macht mir Mut und gibt mir das Recht, Ihnen Fragen zu stellen – zwei Fragen zum Beispiel:
1. Ist eine Wachtpostennacht sehr gefährlich?
2. Brauchen Sie nicht ein paar unnütze Dinge?
Denn eine Familie, die denkt zwar daran, einem nützliche Dinge zu schicken, aber nichts anderes.
Es würde mir Freude machen, Ihnen einige von den Dingen zu schicken, die zu nichts gut sind und nur das Leben angenehmer machen.
Es ist jetzt sehr schön in Paris. Ich wünsche Ihnen, daß Sie auch so schönes Wetter haben, vor allem aber wünsche ich mir, daß es in zwei, oder vielmehr in eineinhalb Monaten noch ebenso schön sein wird. Ich genieße den Sonnenschein von zehn Uhr morgens an. Sie werden das recht spät finden, aber ich brauche nicht früher aufzustehn, denn vor zehn Uhr kommt keine Post, ich habe nachgefragt. Dann kommt die zweite Post um zwölf Uhr mittags, und das ist mir sehr angenehm, denn die Person, die Sie in meiner Garderobe getroffen haben, kommt um eins zum Mittagessen, und da bin ich froh, wenn die Post vorher kommt. Danach kann ich beruhigt einkaufen gehen oder sonst etwas, denn erst um sieben oder halb acht Uhr kommt die nächste, ich meine, die nächste interessante Post.

Um halb sieben nehme ich ein ausgiebiges Tee-Abendbrot, und da die Post im Augenblick sehr launenhaft ist, kann es passieren, daß ich bei der Rückkehr aus dem Theater einen Brief finde, der erst nach meinem Weggehen gekommen ist. So war es mit Ihrem letzten Brief, und ich war darüber so betroffen, als wäre ein lebendiger Mensch in meinem Zimmer gesessen.

Ich schreibe Ihnen da sehr lange und sehr dumme Sachen, aber es hat mir solche Freude gemacht, sie Ihnen zu schreiben, daß ich nicht den Mut habe, den Brief zu zerreißen. Ich denke an Sie und wünsche Ihnen eine gute Nacht, mein lieber blauer Leutnant – hoffentlich ist es nicht wieder eine Wachtpostennacht!

Mitsou

Der blaue Leutnant an Mitsou

Mitsou, ich habe Ihren Brief. Ich lese ihn voll Staunen darüber, daß ein kleines Mädchen, das sich ohne Scheu nackt zeigt, ihr Wesen so sehr verbergen kann. Mitsou, weder habe noch werde ich jemals die Anmut Ihrer Gestalt vergessen, die ich dank Ihrer hochmütigen Gelassenheit aus der Tiefe des Wandschranks bewundern durfte. Doch als ich damals, in Betrachtung versunken, dastand, verspürte ich keineswegs die Lust, Ihnen zuzurufen: »Wer sind Sie, Mitsou?« Dies frage ich Sie heute, als hätte ich Sie noch nie gesehen. Sie, Mitsou, der es an stilistischer Gewandtheit mangelt und deren Handschrift die einer Schülerin ist. Sie haben in Ihren Briefen doch niemals verfehlt, mir genau das zu sagen, was Sie mir sagen wollten – nicht mehr und nicht weniger. Sie haben mir nicht geantwortet, Mitsou, als ich Sie ein wenig leichtfertig nach dem bevorzugten Gegenstand Ihrer Gedanken fragte. Sie haben darauf nicht geantwortet – haben mir jedoch einen genauen Stundenplan der Briefzustellung in Paris gegeben.

Oh, kluge Mitsou, Sie haben mich gelehrt, wieviel Romantik ein Eisenbahnfahrplan enthalten kann! Nichts ist schöner und aufregender an einem Abenteuer, als wenn zwei Wesen, die noch nichts voneinander wissen, doch schon die gebieterische Notwendigkeit fühlen, zu gewissen Stunden beieinander zu sein! ... Mitsou, ich will Sie von nun ab einfach nur Mitsou nennen. Mitsou, ein Wort noch, und ich sage »Du« zu Ihnen ... Nein, ich tue es nicht. Das erste »Du« ist ein leidenschaftlicher Aufschrei, und in einem Brief schreit man nicht.
Nein, liebste Mitsou, eine Wachtpostennacht ist nicht sehr gefährlich. Aber sie ist eine Erprobung, die einem zwei schwere Bürden auferlegt, die im Laufe der Nacht immer schwerer werden: Verantwortung und Einsamkeit. Die Verantwortung ist die leichtere von beiden; man vermag sie abzuschätzen, man kennt sie, man trägt sie mit Würde. Die Einsamkeit aber überwältigt einen mit Träumen, mit Schaudern, mit unheimlichen Bildern, deren man sich kaum erwehren kann, mit einer Empfindsamkeit, die man zu unterdrücken versucht ... Eigentlich dürfte ich Ihnen das gar nicht gestehen, Mitsou.
Sie wollen mir also unbedingt das schenken, was Richard Wagner – in wahrhaft gutem Französisch – »l'enivrant superflu« nannte? (Ihre allerliebste, schlichte Wendung »Brauchen Sie nicht ein paar unnütze Dinge« wäre ihm niemals eingefallen.)
Nun gut denn! Ich brauche:
1. Eine Photographie von Mitsou.
2. Ein Stück fraisefarbenen Samt, so groß wie meine beiden großen Hände, um ein Buch einzuschlagen, das ich liebe. Von welchem Farbton? Dem der Strümpfe der »Rose Jacqueminot«.
Das ist vorläufig alles. Bitte machen Sie sich aber auf weitere Forderungen gefaßt. Liebe Mitsou, ich küsse ehrfurchtsvoll Ihre schmalen kleinen Pfoten und bin

Ihr blauer Leutnant

Mein lieber blauer Leutnant,
so manche Frau hätte beim Lesen Ihres letzten Briefes geglaubt, es sei ein Liebesbrief. Ich nicht, glücklicherweise! Obwohl Sie hie und da schwierige Wörter verwenden, besteht doch keine Gefahr, daß ich mich darüber täusche, was sie wirklich bedeuten. Ich fühle mich schon geschmeichelt genug und bilde mir nichts Unmögliches ein.
Ein Bild von Mitsou und der Samt gehen heute in einem kleinen Paket ab. Die Farbe des Samtes stimmt genau. Und die Photographie zeigt auch »Rose Jacqueminot«. Aber wie düster ist dieses Rot auf dem Bild! Von nun an will ich keine Rollen in Rot mehr spielen, das wirkt zu traurig.
Petite Chose hat gemeint, ich soll Ihnen ein Säckchen schicken, wie sie es ihren Freunden schickt. Es sind kleine Säckchen, in die sie nichts anderes hineintut als Küsse. Ich aber schicke Ihnen, wie bisher, nur meinen innigen Wunsch, daß Ihnen nichts Böses geschehe. Dieser Satz erinnert mich immer an die Sätze, die ich als Kind zu Neujahr auf feines Spitzenpapier schreiben mußte. Es tut mir leid, daß ich keinen schöneren für Sie erfinden kann. Aber das macht nichts. Mein Wunsch ist mehr wert als ein schöner Satz, denn ein Satz lebt nicht, mein Wunsch aber lebt. Er ist so wirklich wie die kleine Schwalbe oder Taube auf dem altmodischen Briefpapier. Ich sehe ihn, er bewegt sich, er fliegt, er hat ein Gesicht, er ist rings um Sie, auf Ihrem Kopf, an Ihrer Brust – ich sehe ihn so deutlich, als würde ich selbst an Ihrer Brust liegen ... Das Säckchen von Petite Chose wäre sicher sehr hübsch und sehr schön bestickt, aber es würde nur eine kleine Stelle beschützen. Mit meinem Wunsch bin ich viel unbesorgter, er hüllt Sie ganz ein.
Wie komisch Sie doch sind, mein lieber blauer Leutnant, mit Ihrem »Wer sind Sie, Mitsou?« Ich hätte niemals

gedacht, daß Sie die Rolle des alten Herrn in der Revue so gut spielen können: »Wer sind Sie denn, mein schönes Kind?« Wäre ich noch bei Mayol in der Weihnachtsrevue, dann würde ich Ihnen, mit Flügeln, Helm und Lanze verkleidet, antworten: »Ich? Ich bin die heroische Liebe!«
Ich bin nicht die heroische Liebe. Ich bin gar nichts Besonderes, das kann ich Ihnen versichern. Sie haben mich ja damals aus dem Wandschrank ganz gesehen: eine kleine Künstlerin, jung, nicht häßlich, die dem Publikum gefällt und nicht viel Talent hat. Sie staunen über meine Bescheidenheit? Sehn Sie, wir in der Music Hall wissen fast alle recht gut, was wir wert sind, trotz des Ansehens, das wir uns geben. Nehmen wir zum Beispiel Petite Chose: sie versucht dadurch interessant und originell zu wirken, daß sie nie still hält; alles an ihr dreht und windet sich. Und ich, weil ich ein kindlicher Typ bin, ein regelmäßiges Gesicht habe und Augen, die ich so aufreiße, daß mir die Stirn davon weh tut, weil das gut zu meinen langen Beinen, meinem kleinen Mund und meinem Nichts von einer Nase paßt – bei mir haben sich die Revueverfasser gedacht: »Die wird in den unanständigen Rollen glänzend wirken, also werden wir sie ihr geben.« So einfach ist das also. Aber Sie, der Sie kein Revueschreiber sind, sollten doch keine andere Mitsou suchen als die, die Sie gesehen haben! Ich habe mich vor Ihnen ausgezogen? Nur deshalb, weil ich nichts Böses dabei gedacht habe, sonst hätte ich den Wandschirm vorgestellt. Ich habe keine drei Worte gesprochen? Das kommt daher, weil ich das Pulver nicht erfunden habe, wie man so sagt. Beweis dafür ist, daß ich kein Wort herausgebracht habe, um die Situation zu retten, als die bewußte Person in meine Garderobe gekommen ist. So, das ist alles. Mehr ist über Mitsou nicht zu sagen, die eine brave kleine Modistin war und sich vor dem Elend und vor der Werkstatt fürchtete, weil sie das am besten kannte. Und deshalb hatte sie Lust, das zu versuchen, was sie am

wenigsten kannte, nämlich das Theaterleben. Man glaubt immer, man wird in dem, was man nicht gelernt hat, leichter Erfolg haben als in dem, was man gelernt hat, das ist ganz natürlich.
Das übrige, mein Privatleben, können Sie sich wohl vorstellen. Sie haben ja gesehn, von wem es abhängt – bis zu dem Tag, an dem ich von dieser Abhängigkeit genug haben werde. Meine Freunde? Die sind rasch aufgezählt: Ich bin zu jung, um männliche Freunde zu haben – in meinem Alter geht das immer schlecht aus. Und mit Freundinnen ist es auch nicht so einfach. Da gibt es die Entfesselten, die vor nichts mehr Ehrfurcht haben. Sie trinken und rauchen Opium. Manche, die ich kenne, sind seit dem Krieg Maschinschreiberinnen oder Telephonistinnen, aber die behandeln unsereinen, als wären wir Luft. Andere wieder sind dasselbe wie ich, und das sind die allerärgsten! Wenn ich eine Stunde lang mit ihnen beisammen war, frage ich mich: »Was, bin ich am Ende auch so? Bin ich wirklich in meinem Alter auch schon so öde und langweilig, wenn ich nicht auf der Bühne stehe?« Da kann ich genauso gut vor meinem Spiegel sitzen bleiben, das ist weniger beschämend. Was soll man machen! Man gewöhnt sich bald daran, allein zu sein, und ist dabei ganz zufrieden, wenn nicht plötzlich ein Ereignis ... Es gibt im Leben nur drei große Ereignisse: den Tod, die Berühmtheit oder die Liebe. Mein lieber blauer Leutnant, welches von den dreien wird mir wohl als erstes auf den Kopf oder ins Herz fallen? Ich warte.
Nein, nein, küssen Sie mir nicht die Hände, nicht einmal in einem Brief. Sie sind nicht schön genug, die weiße Schminke verdirbt sie, und dann habe ich mir auch zuviel roten Lack auf die Nägel getan. Nun pflege und schone ich sie, damit sie besser sind, wenn Sie kommen. Küssen Sie mir lieber die Armbeuge, sie ist von so vielen grünen und blauen Flüssen durchzogen, daß Sie beim Küssen an

nichts anderes als an Ihre Generalstabskarte zu denken brauchen.

Ihre Mitsou

P. S. – Aber ich will auch eine Photographie!

Der blaue Leutnant an Mitsou

Liebe Mitsou, ich möchte Sie sehen! Ich möchte Sie sehen! Was soll ich Ihnen sonst noch sagen? Ich möchte Sie sehen! Ich fühle mich sanft, schwach und wie umnebelt. Mich lockt, mich zieht etwas Weiches, Tiefes, Unbestimmtes. Ich fühle mich glücklich und gleichzeitig jeglichen Glücks beraubt. In mir ist eine Unruhe und zugleich eine gewisse Trägheit, und beides hat seinen eigenen Zauber. Ein Zustand der Jugend ... Ihre Photographie erinnert vor allem an Sie und dann auch an einen Satz von Francis Jammes über ein junges Mädchen, »das wie eine dunkle Rose aussah und sang ...« Mitsou, wollen Sie mich küssen? Ich frage das, weil ich mich sehr danach sehne. Die acht Wochen unbedingter Aufrichtigkeit, die hinter uns liegen, verpflichten mich dazu, Ihnen nichts zu verschweigen. Mitsou, küssen Sie mich! Wenn ich denke, daß ich Ihnen das Gürtelband zugemacht und dabei nur darauf geachtet habe, Ihre kaum verhüllte Haut zwischen den Haken nicht einzuzwicken ... Ich erinnere mich, daß Ihre Arme und die Kurve Ihres Rückens gegen das Begonienrot Ihrer Wangen im grellen Licht ganz grün aussahen. Grün wie weißer Flieder, den man im Winter künstlich zum Blühen zwingt ... Ich erinnere mich, wie Sie kalt und keusch Ihre schlanken Arme gehoben haben, um mir zu helfen ... Mitsou, ich kann den Geruch von Verveine nicht leiden. Ich liebe nur ein Parfum, den Duft von Teerosenblättern in einer Sandelholzbüchse, die vielleicht einmal feinen Tabak enthielt – den Duft von Mitsou.

»Große Veränderungen« in Ihrer Garderobe? Warum? Warten Sie noch. Lassen Sie mich Ihre Garderobe so wiedersehen, wie ich sie seinerzeit aus der Tiefe des Wandschrankes gesehen habe ... Verändern Sie nichts, verbannen Sie daraus nur ein Möbelstück! Ein Möbelstück, das hereinkam, als ich da war, etwa fünfundfünfzig bis sechsundfünfzig Jahre alt und wenig stilvoll. Dann wird alles gut sein. Ach, liebe, liebe Mitsou, wie mir alles an Ihnen gefällt, und besonders Ihr Bemühen, mir in Ihren Briefen Ihr Leben eintönig, öde und leer wie eine unmöblierte Mansarde zu schildern! Wissen Sie, daß mein Leben nicht weniger leer ist? Mitsou, uns vierundzwanzigjährige Jungen hat der Krieg von der Tür des Gymnasiums weggeholt. Er hat Männer aus uns gemacht; aber ich glaube, es wird uns immer fehlen, daß wir nie junge Männer waren. Sie ist für uns verloren, jene kostbare Zeit, in der man lernt, seine Stimme und seine Bewegungen zu beherrschen, mit seiner Freiheit außerhalb der Familie fertigzuwerden, vor allem aber, wie man sich ohne Angst und ohne kannibalische Gier jenen Frauen nähert, die nicht nur an das Vergnügen oder an unser Geld denken ... Mitsou, verzeihen Sie mir, daß ich Sie mit solchen Dingen langweile. Mein Kummer hat aber nun einen neuen Stachel und ich schwanke zwischen zwei Befürchtungen: werde ich als ein gealterter Gymnasiast vor Ihnen stehen oder als ein zu junger Mann, gleich einer vorzeitig abgefallenen Frucht, die auf einer Seite schon reif, auf der anderen noch grün ist ...?
Hören Sie, Mitsou: in zehn Tagen, Mitsou, werde ich ... ja, Mitsou, in zehn Tagen werde ich in Paris sein. Nur achtundvierzig Stunden. Eine kurze Mission ... Die Brutalität dieses Geständnisses erschreckt mich selbst. Es treibt mir die Schamröte ins Gesicht – wie der Versuch, im Gedränge nach einem Busen oder einer Hüfte zu greifen, wofür man sich nachträglich selbst verachtet.

Hier ist die Photographie, um die Sie mich gebeten hatten: Sie ist vergilbt und ungerahmt, und ich sehe sehr häßlich darauf aus, weil ich die Nase in der Sonne verziehe. Die kleinen Erhebungen, die Sie im Hintergrund sehen, sind die deutschen Linien – zum Teufel, nur vierhundert Meter entfernt! Mitsou, wie köstlich der rosa Samt doch duftet – ich bin mit dem Kopf darauf eingeschlafen.

Ihr blauer Leutnant

Mitsou an den blauen Leutnant

Lieber blauer Leutnant, ach, ich habe nicht mehr den Mut, Ihnen zu schreiben: ich werde Sie wiedersehn! Ich habe Sie schon auf der Photographie wiedergesehn, von der Sie behaupten, sie sei häßlich. Trotzdem fühle ich, fühle es so deutlich, daß ich fast den Verstand darüber verliere, daß Sie sie just deswegen ausgesucht haben, weil es auf der ganzen Welt nichts Schöneres gibt als Ihre Gestalt, die sich gegen den Himmel abhebt, und weil man darauf Ihre elegante Erscheinung so gut sieht und Ihre Kopfhaltung und Ihre besondere Art, das Kinn zu heben. Nein, nein, sagen Sie nicht, daß sie häßlich ist; sie gefällt mir, sie macht mir Herzklopfen, sie bringt mich völlig aus der Fassung. Ich halte es nämlich nicht länger aus. Glauben Sie mir, ich habe mich so sehr beherrschen müssen seit dem Tag, wo ich Ihnen, anstatt einen so dummen Brief zu schreiben, ganz einfach hätte schreiben wollen: »Ich muß Sie wiedersehn, denn ich bin ganz verändert, ich glaube, ich liebe Sie ...« Und wie gut es doch war, daß ich mich zurückgehalten habe! Schon deswegen, weil es möglicherweise noch gar nicht stimmte. Mir tat nur alles weh, so ähnlich wie kurz vor einer Grippe. Ich kann gar nicht sagen, wie mir war. Ich habe mich bei Petite Chose beklagt, daß mir abwechselnd heiß und kalt ist, und habe mir von der Garderobière Pulver gegen Kopf- und Magenweh geben lassen. Ich verstand nicht, verstehen Sie? Sogar Ihre Geschenke sah ich an, als würden sie mir etwas zuleide tun, ich beschimpfte sie und rief: »Dieser blaue Leutnant glaubt wohl, ich habe auf ihn gewartet mit seiner Puderdose!« Kurz, lauter Dummheiten und Mißverständnisse. Ich spreche nicht so gut wie Sie. Mir entgehen immer alle möglichen Feinheiten. Aber wie Petite Chose so schön sagt: »Wer den Mund hält, sagt keinen Unsinn.« – Ich hoffe sehr, ich werde den Mund halten, wenn Sie da sind – bei mir ... Ich muß mich noch schnell vor Ihnen ausleeren, wie man einen Korb ausleert, um zu zeigen, daß das, was unten liegt, ebenso gut ist wie das, was oben liegt. Seit zwei Monaten fühle ich mich nämlich von so neuen Gedanken erfüllt, so süßen, quälenden Gedanken, daß ich keine Worte finde, um sie auszudrücken.

Vorhin glaubte ich noch, daß ich Ihnen nicht mehr schreiben könnte. Und jetzt kommt es mir so vor, als ob ich Ihnen so viel Wichtiges und Dringendes zu sagen hätte, daß dieser Brief niemals ein Ende nehmen wird. Da fällt mir zum Beispiel ein, daß Sie mich nie in Privatkleidung gesehen haben. Das ist ja schrecklich! Was soll ich nur machen? Und dann habe ich Sie nie gefragt, ob Sie kleine Hüte mögen. Ich trage nämlich keine anderen. Meine Röcke sind nicht sehr kurz, müssen Sie wissen. Und dann trage ich keine grellen Farben auf der Straße, erstens, weil Krieg ist, und zweitens, weil ich mich von den Regenbogenfarben der Theaterkostüme erholen muß. Ich trage also Dunkelblau, Dunkelgrün, Schwarz und Weiß. Am Tag schminke ich mir auch die Wangen nicht. Meine Frisur ist ganz glatt, und die Ohren lasse ich frei, weil sie sehr klein sind.

Was wollte ich noch alles sagen? Das übrige haben Sie ja gesehn, und das tut mir jetzt leid. Ich habe nichts wirklich Häßliches an meinem Körper, außer den Zehen, vielleicht durch die Modeschuhe. Und dann habe ich am Nacken, dicht unter dem Haaransatz eine Narbe – (von einem Malheur mit einer Hutnadel.) Aber da ich den Kopf nur

dann vor Ihnen beugen werde, wenn ich mich schäme oder kränke, so hängt es ja nur von uns beiden ab, ob Sie diese Narbe überhaupt zu Gesicht bekommen.
Ich weiß nicht recht, was geschehen wird. Ich weiß nicht einmal, ob überhaupt etwas geschehen wird. Aber ich hoffe es so sehr! Wir sind sehr jung und allen Gefahren ausgesetzt. Aber noch ehe ich Sie richtig kennengelernt habe, ja sogar wenn Sie mich bald vergessen sollten, möchte ich Ihnen von ganzem Herzen »Danke« sagen. Vielleicht werde ich im Spiegel nun bald eine freudestrahlende Mitsou sehen. Vielleicht auch eine weinende. Auf jeden Fall aber wird es nicht mehr die Mitsou von früher sein. Diese dumme, diese vernünftige, die nicht lachte und niemals weinte, diese arme Mitsou, die nichts hatte, nicht einmal einen eigenen Kummer. So bin ich Ihnen, mein lieber blauer Leutnant, für mein ganzes Leben zu Dank verpflichtet, denn Sie haben eine Frau beschenkt, die nichts hatte,

Ihre Mitsou

5

Bei Mitsou. Sie wartet auf ihn. Er muß seit Mittag in Paris sein; aber er hat eine Familie ... Er hat Mitsou versprochen, zum Tee zu kommen. Sie erwartet ihn. Am Tag vorher hat sie einen englischen Tee- und Likörtisch gekauft, Portwein, drei Spitzenschürzen für das Stubenmädchen, Parfums um hundertfünfundzwanzig Francs und einen Hut, und sie ist stundenlang bei der letzten Anprobe zweier Kleider von einem Fuß auf den anderen getreten. Morgens hat sie Blumen und Früchte besorgt.

Es ist fünf Uhr. Die neuen Parfums glänzen durchsichtig und grün wie Chartreuse in den Flaschen auf dem Toilettentisch; der Cherry Brandy, der Portwein und der Kognak auf dem Likörtisch hingegen sehen aus wie Toilettewasser und wie flüssige Schminke, mit denen sich Mitsou Lippen, Zahnfleisch und Zunge röter färbt. Den Blumen ist heiß. Die Sonne, die langsam ihre Bahn zieht, wirft einen Strahl auf die Kirschenschale, einen goldenen Fleck auf das Tischtuch und berührt endlich die Schulter Mitsous, die seit langem wartend in einem Lehnstuhl sitzt.

MITSOU, *plötzlich aufstehend*: »Es ist fünf Uhr. (*Der Klang Ihrer eigenen Stimme schüchtert sie ein und sie wiederholt leiser*:) Es ist fünf Uhr.«

Sie öffnet eine illustrierte Zeitung und legt sie gleich wieder fort, denn die Blätter zittern in ihren Händen. Sie versucht, das Zimmer der Länge und Breite nach zu durchschreiten, aber das Zimmer hat weder Länge noch Breite, und schließlich flüchtet sie zum Fenster, hinter den Spitzenvorhang, und fühlt, daß sie nun endlich den Platz gefunden hat, von dem sie sich nicht mehr wegrühren wird, bis ... bis ein Wagen heranrollt, bis sie die Hupe und das Türschlagen eines Taxis hört, bis eine Klingel ertönt.

Sie trägt ein schwarzes Seidenkleid, am Hals smaragdgrün bestickt, mit kurzen Ärmeln, die – wie Petite Chose sagt – beim »Mageren« des Armes enden. Mitsou sieht heute zwar nicht sehr gut aus, doch ihre ungeschminkte Blässe, ihre langen, schweren Wimpern, ihr weiches Haar – ebenfalls wie aus schwarzer Seide – und der altmodisch lange, vornehme Schwanenhals verleihen ihr den Ernst, den schwarz-weißen Zauber einer romantischen Heldin – aber welche romantische Heldin hätte ein so winziges Näschen?

Sie ist durstig und beißt sich auf die trockenen Lippen. Sie lehnt die Stirn gegen das halboffene Fenster, genießt den leichten Luftzug und meint, daß durch ihr Gehirn tausend wirre Gedanken schwirren; in Wirklichkeit denkt sie an gar nichts – sie wartet. Sie sieht auf die Straße und wirft manchmal einen Blick auf ihre kleinen, kothurnenähnlichen Schuhe. Ab und zu huscht ein sorgenvoller Gedanke durch die ängstliche Leere ihres Geistes, erschüttert diese flüchtig und entschwindet wieder. ›Ich glaube, ich hab eine Laufmasche im Strumpf. Ich hätte ein Aspirin nehmen sollen ... Wenn er keine Zeit hat, mit mir zu Abend zu essen? ... Wenn ich Pierre im Restaurant treffe? ... Und wenn er mit mir heute abend nach Hause kommen will, was werde ich da sagen? ... Ich hätte doch den schwarzen Hut nehmen sollen statt dem schwarzgrünen ... Es ist halb sechs ... Vielleicht ist er verhindert ...‹

Mit einemmal ist das Taxi da. Mitsou hört eben noch eine Stimme, die dem Chauffeur streng befiehlt, ›drei Francs‹ zu nehmen. Zwei Türen öffnen und schließen sich. Er steht vor ihr und ... erkennt sie nicht wieder. Auch wenn er sie sich hundertmal vorgestellt hat – auf dem Hintergrund eines sternenhellen Himmels, einer mondlosen Nacht, einer lehmbraunen Erdmauer, eines bunten Traumhintergrundes – eine Mitsou im Straßenkostüm, im Pyjama oder im Morgenkleid –, er hat sie ja doch nur ein einziges Mal gesehen, kaum bekleidet, in Tüll und fraisefarbenen Strümpfen ... Er ist überrascht und verlegen. Er ist gekommen, um ›Mitsou‹ zu schreien, die Arme auszubreiten und eine zarte Gestalt in einem Hauch von zerknittertem Tüll an sich zu ziehen ... Aber hübsch findet er sie und rührend, dieses blasse, schwarz gekleidete Mädchen, das ihm da die Hand reicht.

Mitsou dagegen hat ihn sofort wiedererkannt, von Kopf bis Fuß. Sie ist weder überrascht noch enttäuscht. Sie lächelt nur über die unerwartete Entdeckung, daß ihr blauer Leutnant nicht so schwarzes Haar hat, wie sie geglaubt hatte; eher dunkelbraun, ein wenig rötlich im Nacken. Und sie findet sofort die richtigen Worte.

Mitsou: »Wie schön Sie sind!«

Er lächelt. Er küßt die kleine, ausgestreckte Hand. Er ist errötet und wagt nicht, die runde, weiße, gepuderte Wange mit dem silbrigen Flaum zu küssen. Übrigens erwartet Mitsou auch gar keinen Kuß. Sie setzt sich, weist auf einen Stuhl ihr gegenüber und spricht ...

Mitsou: »Sind Sie gut hierhergekommen?«

Der blaue Leutnant: »Recht gut, aber sehr langsam natürlich.« (*Schweigen.*)

Mitsou: »Wollen Sie ein Glas Portwein?«

Der blaue Leutnant: »Wenn Sie auch eines trinken, ja bitte.«

Mitsou, *zwei Gläser füllend*: »Die Zigaretten stehen neben Ihnen.«

Der blaue Leutnant: »Danke. Wenn Sie auch eine rauchen.«

Sie zündet sich eine Zigarette an und bläst den Rauch sehr weit von sich. Er trinkt. Sie trinkt. Sie stellt ihr Glas mit zitternder Hand ab, und der zarte Stiel bricht entzwei.

Mitsou, *als wäre die Decke eingestürzt*: »Ach!«

Der blaue Leutnant, *sich erhebend*: »Ach, endlich! Auf diesen Schrei habe ich gewartet.« (*Er nimmt Mitsou in die Arme und bedeckt sie mit Küssen.*)

Mitsou, *nachdem er sie losgelassen hat*: »Es ist ein durchsichtiges Glas ...«

Der blaue Leutnant: »Was, wie?«

Mitsou, *heftig atmend*: »Das bringt Glück. Sie schmiegt sich wieder in die Arme des Leutnants. Küssen Sie mich weiter, bitte ... Solange Sie mich küssen, vergesse ich wenigstens meine Schüchternheit.«

Der blaue Leutnant: »Ich will tun, was ich kann, um Ihnen Mut zu machen ...«

Es gelingt ihm. Ihre eiskalten Händchen werden warm und weich, der zarte Körper in seinen Armen gibt nach und scheint sein Leben auszuhauchen. Mitsou hat die Augen geschlossen; der Leutnant aber betrachtet aus nächster Nähe ihre schwarz umrahmten, gewölbten Lider, ihre freie Stirn und hinter ihr den mit Nippsachen gezierten Kamin ...

Der blaue Leutnant, *beiseite*: »Wenn ich einmal nur einen Augenblick allein in diesem Zimmer hier bin, dann hat für die Gipsstatuette dort das letzte Stündlein geschlagen ...«

Mitsou, *nach Atem ringend*: »Ach! ... (*Sehr leise und ganz sacht*:) Robert ...«

Er ist so entzückt, als hätte sie ihm ein Geschenk gemacht. Noch nie hat sie ihn Robert genannt.

ROBERT, *leise*: »Ja, Mitsou, ich bin's.«

Der Flüsterton macht sie beide sicherer; sie sind den Klang ihrer Stimmen noch nicht gewohnt.

MITSOU: »Da sind Sie also!«

ROBERT: ...

MITSOU: »Essen Sie mit mir zu Abend?«

ROBERT: ...

MITSOU: »Aber nicht hier.«

ROBERT, *zur Wirklichkeit erwachend*: »Warum nicht hier?«

MITSOU, *verlegen*: »Weil nämlich – (*er runzelt auf alle Fälle die Stirn, und sie beeilt sich zu lügen*) –, weil nämlich das Essen bei mir für Sie nicht gut genug ist. Bei mir wird nichts Feines gekocht.«

ROBERT, *entrüstet*: »Aber, Mitsou! Sind Sie denn keine Feinschmeckerin?«

MITSOU: »O doch ... Aber Kuchen und Süßigkeiten gibt's ja nirgendwo mehr.«

ROBERT: »Es gibt doch noch andere gute Dinge. Also, was werden wir heute abend essen? Kommen Sie einmal hierher auf meine Knie und bestellen Sie. Warmen Hummer? Huhn mit Pilzen?«

MITSOU, *trotzig*: »Nein ... Ich möchte kalten Lachs mit sehr viel Mayonnaise. Und dann vielleicht Kalbsbries ... das ist mir gleichgültig ... Das Dumme ist, daß wir früh essen müssen, wegen der Revue.«

ROBERT: »Ist es noch immer dieselbe Revue?«

MITSOU: »Nein, eine neue seit Freitag.«

ROBERT: »Spielen Sie darin große Rollen?«

MITSOU: »Das glaub ich! Ich spiele ›Das Bauchdekolleté‹, ›die Freiheit, die die Welt erhellt‹, ohne Trikot, und ›die Kleine aus dem sechzehnten ...‹«

ROBERT: »Aus dem sechzehnten Jahrhundert?«

Mitsou: »Nein, aus dem sechzehnten Bezirk, eine von denen, die in der Nähe des amerikanischen Militärlagers wohnen und die sich – Sie können sich schon vorstellen womit – beschäftigt.«

Robert, *träumerisch*: »Seltsame Sitten ...«

Schweigen. Er vergißt, Mitsou zu küssen, und blickt um sich. Der chirurgische Toilettentisch hypnotisiert ihn. Er hat Lust, Mitsou mit bedauerndem Interesse zu fragen: ›Wie kommen Sie denn dazu?‹, denn er kann nicht glauben, daß sie ein derartiges Möbel auf dem Gewissen hat ...

Mitsou: »Er ist originell, nicht?«

Robert: »Wer, Mitsou?«

Mitsou: »Mein Toilettentisch. Ein junger Künstler hat ihn ausgeführt, er hat nur einen einzigen solchen gemacht, und dann ist er gestorben.«

Robert: »Recht spät ...«

Mitsou: »Wieso recht spät? Er soll erst dreißig gewesen sein.«

Robert: »Nein, ich habe mich versprochen, ich wollte sagen: zu spät.«

Mitsou, *in ahnungsloser Unschuld*: »Aber nein, im Gegenteil, ich sagte Ihnen doch ...«

Robert: »Sagen Sie nichts, Liebste!«

Mitsou, *stürmisch*: »Oh, ich bin so froh, daß Sie bei mir sind! Sie müssen wissen, hier sind Sie bei mir, das ist m e i n Zuhaus. Haben Sie meine Vitrine gesehn? Und den Damastschaukelstuhl – gefällt er Ihnen? Setzen Sie sich einmal darauf ... und die Radierungen, sie sind alt, so alt, etwas Älteres gibt es überhaupt nicht mehr! Sehn Sie?«

Robert, *leise, mit größter Milde*: »Ja, ich sehe. Man wird das alles verbrennen müssen.«

Mitsou: »Alles verbrennen?«

Sie blickt ihn an, und er redet nicht weiter, denn sie reagiert entwaffnend auf ironische Bemerkungen: Wenn sie etwas nicht versteht, schweigt sie und öffnet die großen, geduldigen Augen so weit, daß die Spitzen ihrer geschwungenen Wimpern die Brauen berühren.

Robert, *gerührt*: »Geliebte Mitsou!«

Er zieht sie an sich und fühlt in diesem Augenblick eine Welle der Zärtlichkeit für sie, weil er eben nahe daran war, sie zu verletzen.

Mitsou, *schmachtend*: »Ach ... also ... Was tun wir nun?«

Er hat diese Frage nicht erwartet. Aber seine Hände gleiten von ihren Schultern die Arme und die Hüften hinab, mit so festem Druck, als wollte er den gefügigen jungen Körper nicht streicheln, sondern kneten, neu erschaffen ...

Mitsou, *hellwach*: »Nein, o nein ... ich sagte das nur, weil es schon spät ist ...«

Robert: »Ich esse mit Ihnen zu Abend, Mitsou, wenn Sie mir die Ehre geben wollen.«

Mitsou, *sehr ernst und so wie sie es fühlt*: »Die Ehre ist ganz auf meiner Seite.«

Er senkt die Augen, errötet leicht unter seiner schönen, sonnengebräunten Haut, wie jedesmal, wenn Mitsou mühelos all seine Erwartungen übertrifft.

Robert: »Ich begleite Sie in Ihr Theater, das eine Music Hall ist ...«

Mitsou, *ängstlich:* »Ja ...«

Robert: »Und dann ... *(Sie schweigt.)* Und dann begleite ich Sie bis zu Ihrer Haustür ... *(Mitsous Augen bekommen einen leuchtenden, feuchten Glanz, und von einem ein wenig sadistischen Mitleid getrieben, beeilt er sich, hinzu-*

zufügen:) bis zu Ihrer Haustür; dann, Mitsou, werde ich Ihnen im Vertrauen sagen: ›Mitsou, der alte Diener meiner Mutter schläft sehr fest und hört das Läuten nicht, es könnte mir passieren, daß ich die Nacht auf dem Flur verbringen muß, wenn ...‹«

Er hält inne. Keiner von ihnen hat Lust zu lächeln, und Mitsou senkt die Augen nicht. Ihr Blick ist so wenig der einer Frau und einer Liebenden, es liegt so viel Entschlossenheit, so viel Fatalismus und so wenig Hoffnung darin, daß das junge Herz des Mannes sich noch einmal vor Mitleid und Ehrerbietung zusammenzieht. Er schwingt sich auf die Höhe von Mitsous Einfachheit empor ...

ROBERT: »Mitsou, wollen Sie mich?«
MITSOU: »O ja, mit größter Freude!«

Und er wundert sich, wie diese abgedroschene Wendung, verjüngt durch eine beinahe fromme Stimme, taktvoll darüber hinweggeht, daß es sich zwischen ihnen um eine Liebesgeschichte handelt.

6

Das Restaurant Lavoie. Da es erst sieben Uhr ist und noch mehrere Tische frei sind, finden Mitsou und ihr Leutnant einen guten Platz an einem Ecktisch, und werden beflissen von einem Kellner und einem Oberkellner bedient. Es ist noch heller Tag, die dumpfe Luft riecht nach Melonen und Erdbeeren. Robert betrachtet mit Entzücken den schweren goldigen Abenddunst, der den Himmel hinter der Madeleine zart grün erscheinen läßt.

Ein Kellner, *zwölf Jahre alt und ernst, wie es seinem Alter entspricht:* »Lebensmittelmarken, meine Herrschaften?«

Robert: »Lassen Sie, Mitsou, ich habe welche.«

Mitsou: »Ich auch. Ich habe Zusatzkarten, weil ich einen Ausweis für Nachtarbeit habe. Geben Sie ihm nur zwei, das ist mehr als genug.«

Robert: »Aber ich habe Hunger, Mitsou. Hier, junger Mann!« *(das ernste Kind entfernt sich.)*

Mitsou: »Sitzen Sie da gut? Möchten Sie nicht lieber meinen Eckplatz?«

Robert: »Nein ich sitze hier sehr gut, Mitsou.«

Er blickt mit der etwas gespielten Sicherheit eines dreiundzwanzigjährigen Lebemannes und mit einer geheuchelten Mißlaunigkeit um sich, die andere Gäste davor warnen soll, Mitsou anzusehen, und ihnen zu verstehen gibt, daß er schon sehr an sie gewöhnt, ja geradezu blasiert ist. Nachdem er diese stumme Warnung zwei müden Abgeordneten, zwei Damen vom amerikanischen Roten Kreuz und einer Gruppe geschwätziger höherer Offiziere zugeworfen hat, beschließt er, sich selbst an Mitsou zu freuen – an Mitsou im schwarzen Hut mit grünem Rand, Mitsou im schwarzen Seidencape, das ihr von den Schultern gleitet und ihren langen, weißen, biegsamen Hals, den Hals eines Opfertieres, erstrahlen läßt.

Sie sieht mit einemmal außerordentlich hübsch aus.

ROBERT: »Wie gut Schwarz Ihnen doch steht, Mitsou!«

Und gleichzeitig fragt er sich: ›Warum sieht Mitsou, die nicht geschminkt ist, deren glattgekämmtes Haar Stirn und Ohren freiläßt, die ihre Bewegungen beherrscht und ihre Stimme noch nicht ein einziges Mal erhoben hat – warum sieht sie doch nicht wie eine Dame aus?‹ Diese Frage beschäftigt ihn derart, daß er nicht bemerkt, daß der Oberkellner neben ihm wartet und auf seinem fetten Römerantlitz seine Gedanken zur Schau trägt: ›Meine Zeit ist kostbar ... aber bitte, verschwenden wir sie auf dem Altar des Vaterlandes und klagen wir nicht ...‹

MITSOU, *durch Roberts betrachtenden Blick geschmeichelt:* »Robert ...«

ROBERT: »Ach ja! Mitsou, wollen Sie nicht Hummer essen? Seit vier Monaten habe ich keinen gesehen. Homard à l'indienne?«

MITSOU: »O ja! Mit Mayonnaise und allen Scheren.«

DER OBERKELLNER, *die Augen rollend über diese traurige Welt:* »Mayonnaise paßt nicht zu Hummer auf indische Art. Der Reis ist mit Safran und Curry zubereitet.«

MITSOU: »Oh, das macht nichts. Dann bestellen Sie mir die Mayonnaise extra.«

ROBERT: »Schreiben Sie die Mayonnaise auf. Huhn mit Pilzen ... Ah, wie schön, Mitsou, daß es das heute gibt. Mitsou, essen Sie gerne Huhn?«

MITSOU: »O ja! Hauptsächlich, wenn Salat dabei ist.«

Der Oberkellner: »Salat paßt nicht zu Huhn mit Pilzen – es ist mit einer Sauce und ...«

Mitsou: »Macht nichts. Einen Salat extra.«

Der Oberkellner: »Erdbeeren, Himbeeren, Kirschen in Eis, Bananen, Fruchtsalat?«

Mitsou, *lebhaft:* »Kirschen in Eis! Kirschen in Eis!«

Robert: »Aber das ist doch nicht gut, Mitsou! Da schmeckt man ja die Kirschen nicht mehr!«

Mitsou: »Das ist ja gerade das Lustige.«

Robert: »Kirschen für Madame! Und für mich Walderdbeeren mit Schlagsahne. Schicken Sie mir den Weinkellner. Mitsou, Bordeaux, Burgunder oder Champagner?«

Mitsou: »Das ist mir egal. Ich kann keinem Wein anmerken, aus welcher Gegend er ist.«

Robert: »Ich glaube, es gibt hier einen sehr guten Bordeaux, der im Glas ein wenig nach Kaffee und Veilchen duftet ...«

Mitsou, *entsetzt:* »Was, und das ist erlaubt?«

Robert: »Burgunder kommt nicht in Betracht, der paßt nicht zum Hummer und verträgt sich auch nicht mit dem Huhn ...«

Mitsou: »Moussiert der Burgunder?«

Robert: »Wenn man ihn dazu zwingt ... Ich sehe schon, wir werden unbedingt Champagner trinken müssen ...«

Mitsou: »Ja, ja! Einen Champagner ohne Geschmack! *(Der Weinkellner, obwohl anwesend, hat es aufgegeben, sich für das Gespräch zu interessieren.)*

Robert, *entsetzt:* »Ohne Geschmack? Wo wurden Sie erzogen, Mitsou?«

Mitsou, *peinlich berührt wegen des Kellners:* »Jedenfalls nicht in der Schankstube!«

Robert *zum Weinkellner:* »Eine Flasche Brut. Mineralwasser, Mitsou?«

Mitsou: »Ja, eines, das prickelt.«

Sie warten auf den Hummer. Gäste setzen sich an die noch leeren Tische. Das Amerikanische ist vorherrschend. Blonde Offiziere, mit Wangen rot wie Winteräpfel, bewundern Mitsou bis zur äußersten Grenze des Anstands – das heißt, sie stellen von Zeit zu Zeit ihr halbvolles Glas nieder, blicken Mitsou mit halboffenem Mund an und vergessen zu trinken. Robert runzelt die Brauen, um die Genugtuung des Besitzenden zu verbergen. Mitsou vergleicht ihn mit den Anwesenden und stellt fest, daß er der bestaussehende von allen ist. Und sie übertreibt damit kaum. Ihr Liebhaber ist braun und schlank und hat schmale Finger, deren feine Knöchel sich unter einer dünnen Haut bewegen. Sein nicht gestutzter Schnurrbart bedeckt eine kurze Oberlippe, die die Nasenspitze ein wenig herabzieht, wenn er spricht. Und die Augen, die, wie Mitsou findet, ›für einen Mann sehr groß‹ sind, liegen geheimnisvoll tief in ihren Höhlen.

Sie sind beide sehr jung und sehr ernst und schweigen. Sie betrachtet ihn – er aber beobachtet sie. Der Rausch fehlt – er wird schon kommen. Man bringt den Champagner vor dem Hummer, und während Mitsou mit blinzelnden Augen nur ein wenig an dem schäumenden Getränk nippt, trinkt er sein Glas in einem Zuge leer.

MITSOU, *lachend:* »Das ist besser als Faßwein, wie?«

Er antwortet auf diese tiefe Weisheit mit einem Kopfnicken. ›So, nun hab' ich's‹, denkt er. ›Nun weiß ich's: sie ist weitaus hübscher, wenn sie traurig ist, als wenn sie lacht. Ich müßte ihr sentimentale und traurige Dinge erzählen. Aber das kann ich nicht! Warum nicht? Ich habe ihr doch ganz ungezwungen lange Briefe geschrieben ...‹ Er bemerkt, daß er gar nicht sicher ist, ob er an diesem Abend Mitsous Geliebter werden möchte. ›Was für ein Vieh ich bin‹, denkt er just in dem Augenblick, da das Tier, das fröhliche und gierige Tier in ihm verstummt.

MITSOU *zum Oberkellner, der sie bedient:* »Danke, genug!«

ROBERT, *protestierend:* »Aber Sie haben nur eine halbe Schere!«

MITSOU, *vornehm:* »Ich nehme vielleicht noch einmal. Aber ehrlich gestanden mag ich so exotische Tiere nicht sehr.«

ROBERT, *wider Willen lachend:* »Ich könnte wetten, daß Sie nie das Meer gesehen haben, Mitsou.«

MITSOU: »Doch, einmal in Deauville. Ich hab mich dort schrecklich gelangweilt.«

ROBERT: »Das kann ich gut verstehen.«

MITSOU: »Nicht wahr? Das freut mich, daß Sie derselben Ansicht sind. Mir sagt es nichts.«

ROBERT: »Was?«

MITSOU: »Deauville. Ich bin zwar nur im Auto durchgefahren und nur zwei Tage geblieben. Aber ich habe kein Verständnis für die Orte, wo die Leute den ganzen Tag im Freien bleiben. Ich verstehe, daß man in ein Kasino geht oder in einen Teesalon. Aber alle diese Leute im Freien, das sieht ja so aus, als ob sie keine Wohnung hätten ...«

ROBERT: »Aber die frische Luft, Mitsou! Und das Meer! Die wilde Brandung von Deauville!«

MITSOU, *den Kopf schüttelnd:* »Nein, das sagt mir nichts. Das Land macht mir keinen Spaß ... *(Ihn betrachtend:)* Mit Ihnen vielleicht doch ... Mit Ihnen sogar die Bambushütte, wenn Sie wollen ...«

ROBERT, *entwaffnet und durch das Essen gekräftigt:* »Mitsou, Liebste! Wir werden zur Bambushütte fahren. Aber nicht im Auto – ich habe kein Auto, Mitsou.«

MITSOU: »Ich auch nicht.«

ROBERT: »Aber ...«

MITSOU: »Ach so, das vor dem Theater, meinen Sie. Das gehört nicht mir. Es gehört Pierre. Er braucht es für seine Geschäfte.«

ROBERT, *kalt:* »Ach so.«

MITSOU, *ahnungslos fortfahrend:* »Er hat sehr viel zu tun. Glücklicherweise!«

ROBERT, *nervös:* »Haben Sie mir nichts Angenehmeres mitzuteilen?«

MITSOU, *immer noch ahnungslos:* »Wie meinen Sie das?«

ROBERT: »Mitsou, sprechen Sie nicht von – von der betreffenden Person, das muß doch nicht sein.«

MITSOU, *die jetzt immerhin schon drei Gläser Champagner getrunken hat:* »Oh, sind Sie empfindlich ... Aber morgen früh werde ich Ihnen, auch wenn ich Ihnen heute nacht nicht gefalle, doch etwas geschenkt haben, was ich noch niemandem geschenkt habe ...«

ROBERT: ...?

MITSOU: »Nein, nein, nicht das, was Sie glauben – nur meine Liebe. Das ist ganz einfach: ich war noch nie richtig verliebt, jetzt bin ich es ... Sie sehen, daß die betreffende Person nicht sehr zu beneiden ist, und daß es Unsinn ist, wenn Sie ...«

Er küßt ihr die Hand und behält die feinen, langen, warmen Finger, die seinen Druck so aufrichtig erwidern und sich ihm so freimütig anvertrauen, zwischen den seinen. Dabei überkommt ihn eine merkwürdige Halluzination. Er sieht den Satz, den Mitsou eben ausgesprochen hat, geschrieben vor sich und liest ihn da draußen im spärlichen Sonnenlicht, das zwischen zwei Erdwällen hindurchfällt: ›Ich war noch nie richtig verliebt, jetzt bin ich es.‹ Ein mahnendes Zucken der kleinen Hand weckt ihn. ›Was habe ich nur?‹ fragt er sich. ›Ich glaube, Gott verzeih mir die Sünde, ich habe vergessen, daß Mitsou da ist, daß sie vor mir sitzt ...‹ *(laut:)* »Kellner, noch eine Flasche, bitte!«

MITSOU: »Noch eine Flasche? Aber Sie werden einen Schwips kriegen! *(Sie bricht in grundloses Gelächter aus.*

Flügelschlagend mit den Armen:) Mir ist so heiß! Mir ist so heiß! Wollen wir nicht fortgehen?«

ROBERT: »Fortgehen? Und das Huhn mit den Pilzen im Stich lassen? Da kommt es gerade, wie gerufen.«

MITSOU: »Da kommt es gerade, wie gerufen. Das ist ein Satz aus meiner Rolle in der nächsten Revue.«

ROBERT: »Die verspricht ja interessant zu werden ...«

Es wird serviert. Mitsou ißt wenig, Robert weniger, als er gehofft hat. Das Gespräch flaut immer mehr ab und beschränkt sich schließlich auf einige Ausrufe, Händedrucke und verschwörerische Blicke; doch ihr Gelächter verbirgt die Dürftigkeit des Dialogs. An den Nachbartischen beneidet man das Liebespaar, das sich so gut zu unterhalten scheint. In Wirklichkeit jedoch beginnt Robert trotz der Wirkung des Champagners und des guten Essens zu verzweifeln. Er hat Mitsous Beine zwischen seine Stiefel genommen, und sie duldet den rauhen Druck seiner Reiterknie ... Trotzdem begehrt er sie noch immer nicht ... Er möchte eigentlich gar nichts – oder nur eines: fortgehen, fortgehen, fortgehen ... eine stille Gasse vor sich haben, in der der Tag verdämmert, oder eine breite, menschenleere Allee im Frühlingsgrün oder auch nur eine der öden, von Lastautos und Kanonen zerfurchten Landstraßen im Felde ... Mitsou nimmt so wenig Platz in seinen Wünschen ein, daß er darüber erschrickt. Er sucht in den trunkenen und bewundernden Blicken der Amerikaner Anlässe zur Begierde oder zur Eifersucht. Er ruft sich das Bild der halbnackten Mitsou in fraisefarbenen Strümpfen vor Augen. Er beschimpft sich, er versucht vergeblich, sich aufzupeitschen ... Schließlich macht er gar keine Anstrengung mehr, ihr zu imponieren oder auch nur zu gefallen. Er stellt ohne Freude fest, daß Mitsou lebhaft wird, wie eine Perle leuchtet, daß der Wein ihr Gesicht nicht rötet, daß vielmehr ihre Nasenflügel blaß und durchsichtig bleiben ... Ohne Freude und ohne Groll hört er dann und wann, wie sie in belehrendem Ton manchmal anerzogene Binsenweisheiten einflicht: ›Malvenblätter machen nüchtern, hat meine Mutter immer gesagt ... Wenn man einen Mann zwei Schritte allein tun läßt, so kann man sicher sein, daß er drei Dummheiten macht, sagt meine Mutter ... Meine Mutter hat mich gelehrt, daß jemand, der unter einem steht, einen nicht beleidigen kann ...‹«

Er spinnt sich immer mehr in trübe Gedanken ein. Am liebsten würde er die Serviette hinwerfen und ... adieu! Plötzlich hört er mit ungeheurer Erleichterung Mitsou nach der Zeit fragen. Er beschwindelt sie um fünf Minuten.

MITSOU: »Oh, so spät schon? Mein Liebster, ich muß ins Empyrée ... O weh! O weh! Wie schade! Und mir dreht sich der Kopf ...«

ROBERT: »Kellner, die Rechnung! Unsere Mäntel ...« *(Er steht zu früh auf.)*

MITSOU, *in engelhafter Harmlosigkeit:* »Wo gehn Sie hin? Haben Sie Bauchweh? Im ersten Stock oben ...«

ROBERT, *entsetzt:* »Ob ich ...? Sie sind verrückt, Mitsou!«

MITSOU: »Wieso? Haben Sie nie Bauchweh?«

ROBERT, *bemüht, abzulenken:* »Die Königin von Spanien hat keine Beine, Madame!«

MITSOU: »Das ist mir neu. Was sagen denn die Spanier zu einer so verstümmelten Königin? Habe ich meine Handschuhe? Ja, die habe ich! Habe ich meine Tasche? Nein, ich habe sie nicht.«

ROBERT, *offenkundig etwas beschwipst und von der Mitsou allgemein gezollten Aufmerksamkeit elektrisiert, beginnt ein Kinderlied vor sich hin zu summen.*

Sie gehen durch das Restaurant, und alles blickt auf sie. Mitsou kämpft mit Schwindelgefühlen und wappnet sich mit vornehmem Hochmut, Robert mimt eine nachlässige Ungezwungenheit, die ungefähr so gut zu ihm paßt wie ein Kleid mit Schleppe.

Sie treten ins Freie. Die lang anhaltende Frühlingsdämmerung beleuchtet die Madeleine. Kleine Kinder verkaufen die Abendzeitungen und welke Narzissen. Würde das Bündel nicht zwanzig Sous kosten statt zehn Centimes, so wäre alles wie im tiefsten Frieden. Mitsou schaudert ein wenig, Robert streckt sich und atmet tief, froh, dem geschlossenen Raum entkommen zu sein.

Ein Diener an der Tür *zu Robert:* »Taxi?«

Mitsou: »Ja, und zwar schleunigst.«

Sie stützt sich auf Roberts Arm, während die zwei livrierten Diener so leichtfüßig, als wären sie keine Erdenwesen, an die beiden Enden der Rue Royale laufen und den vorüberfahrenden Taxis auflauern. Dann und wann fängt einer ein Taxi im Flug, springt auf, bleibt ein wenig daran hängen und läßt es dann um einer besseren Beute willen im Stich ... Schließlich kommt ein erlegtes Fahrzeug nahe an den Gehsteig heran und hält.

Robert *zum Chauffeur:* »Zum Empyrée Montmartre.«

Der Chauffeur, *gehässig:* »Weiter nicht?«

Robert, *schroff, wie es sich für einen wohlerzogenen Mann in dieser Situation gehört:* »Sie werden fahren, wohin ich will. Steigen Sie ein, Mitsou.«

Mitsou *zum Chauffeuer, der den Mund zu einer Entgegnung öffnen will:* »Nein, weiter sicher nicht! Glauben Sie, daß ich mich je an Ihr Gesicht gewöhnen könnte?«

Der Chauffeur fährt ohne weitere Widerrede ab, da er den unverkennbaren Akzent einer Landsmännin gehört hat. Mitsou lehnt den Kopf an Roberts Schulter, und Robert legt seinen Arm um Mitsous schmale Hüften. Es ist der schönste Augenblick. Die frische Luft, die Geschwindigkeit, der grünblaue Lichtschein der Gaslaternen, der Alkohol, der in ihren Adern pocht, Mitsous Duft für Robert und für Mitsou das Erlebnis eines Mundes, der ihren Mund küßt – all das ist köstlich. Zum erstenmal genießt Mitsou diese weichen Lippen, diese kühne Zunge, diese lückenlosen Zähne. Ach, der kleine Zahn da unten, der schärfer ist als die anderen ... Die Lust an dem Biß ist so heftig, daß Mitsou sich von ihrem Geliebten losmacht.

MITSOU, *mit zurückgeworfenem Kopf und geschlossenen Augen:* »Ah, jetzt hast du mich gebissen ...«

Er drückt sie ohne Schonung gegen die Polsterung des Wagens. Er genießt es, daß er sich, endlich, erregt fühlt, er ist voll hastiger Gier und denkt kaum an die Frau, die er begehrt ... Trotzdem entsinnt er sich ihres Namens und ruft sie leise: »Mitsou!«

MITSOU, *mit schwacher Stimme:* »Ja ... Aber, wie willst du denn ... Wir sind schon da ... Laß mich los, wir sind schon da! Laß mich doch, sag ich dir, du siehst ja, daß ich nicht die Kraft habe, dir irgendwas zu verwehren ...«

Er hört nicht und gehorcht nicht, aber das Taxi hält vor den düsteren violetten Lampen, die den Vorübergehenden anzeigen, daß dies der Eingang zu einem Vergnügungsetablissement ist.

MITSOU, *wankend:* »Kommst du?«
ROBERT: »Wohin?«
MITSOU, *auf den Künstlereingang deutend:* »Mit mir ... Wartest du nicht auf mich?«
ROBERT, *gereizt, gierig:* »Nein, komm du mit mir.«

MITSOU, *verzweifelt:* »Aber das kann ich doch nicht! Ich muß spielen! Willst du den Schlüssel?«

ROBERT: »Was für einen Schlüssel?«

MITSOU: »Den von meiner Wohnung. Da kannst du dich ins Bett legen und auf mich warten.«

ROBERT, *schockiert:* »Nein!«

MITSOU, *immer verzweifelter:* »Was willst du denn tun?«

ROBERT, *erstaunt, daß sie ihn, seinen Armen entronnen, noch duzt:* »Spazierengehn ... Draußen warten ... Ins Kino gehen ...«

MITSOU: »Aber warum willst du mich nicht auf der Bühne sehen?«

ROBERT, *düster:* »Ich weiß es nicht. Ich habe keine Lust mehr, dich auf der Bühne zu sehen.«

MITSOU, *gekränkt:* »Dabei habe ich gerade so hübsche Kostüme und ein ernstes Couplet ›der Efeu auf dem Schlachtfeld‹, ich trage dazu einen kleinen Gürtel aus Efeublättern und einen gleichen Kranz im Haar ...«

ROBERT, *in Lachen ausbrechend:* »Oh, ist das komisch!«

MITSOU, *verblüfft:* »Robert! Was haben Sie denn?«

ROBERT: »Nichts! Ich denke an die Leute, die glauben, daß auf dem Schlachtfeld Efeu wächst ... Seien Sie mir nicht böse, liebste Mitsou. In zwei Stunden erwarte ich Sie mit einem Taxi.«

MITSOU, *ungeschickt:* »Nicht nötig. Ich habe den Wagen ...«

ROBERT, *sie unterbrechend:* »Schenken Sie ihn einem Armen, Mitsou, oder fahren Sie allein damit. Ich werde ein Taxi nehmen.«

Er zieht den Hut, küßt ihr die Hand, als ob sie ihm nicht den Mund hinhielte, und sieht ihr nach. Sie läuft mit vorgestrecktem Kopf wie eine kleine Beamtin, die sich verspätet hat, und sie dreht sich nicht um, weil sie fürchtet, hinter sich im traurigen violetten Licht der Bogenlampen das düstere, unzufriedene, undankbare Gesicht eines jungen Mannes zu sehen, dessen Mund noch gerötet ist vom letzten heftigen Kuß.

7

Bei Mitsou. Sie tritt vor Robert ein. Er blinzelt im elektrischen Licht und mißt die Möbel mit feindseligen Blikken. Mitsou dreht sich um und betrachtet ihn. Sie hat sich so stürmisch in das Taxi gestürzt, in dem er sie erwartete, die Fahrt war so kurz gewesen (einige beglückende Küsse, ein paar abgebrochene Sätze: ›Sehr voll das Theater? Nicht zu müde? – Was haben Sie wohl die ganzen zwei Stunden getrieben?‹ und so weiter), daß sie gar nicht die Muße gehabt hat zu ergründen, ob er – wie sie das kindlich nennt – ›noch immer böse‹ ist. Er ist nicht böse, er ist auf der Hut. Er prüft die unbekannten Türen, blickt auf die baumelnde Merowingerkrone und betrachtet schließlich das Schlafzimmer, dessen Luxus infolge seiner Banalität süßlich provinziell wirkt. Provinz mit geknüpften Vorhängen, Spitzen und dicken Teppichen. Das blendend saubere Bett, ein Doppelbett. Nicht sehr feine Wäsche, hellblaue Bänder an den Kopfkissen, die Steppdecke aus hellblauer Seide ... Ein großes Bett zum Schlafen und Kinderzeugen.

›Wenn ich mich diesem Bett nähere‹, sagt sich Robert, ›dann bin ich verloren‹ – denn er hat eben bemerkt, daß er fast umfällt vor Müdigkeit ...

Mitsou: »Mein Liebster, hier können wir ungestört plaudern, es ist niemand hier. Kommen Sie, damit ich Ihnen alles zeige! Da ist das Badezimmer, ich lasse das Wasser gleich einlaufen. *(Er hört das Rauschen des Wassers und lächelt vor Behagen. Er hat schon morgens gebadet und würde gerne stündlich ein Bad nehmen, wenn man ihn dazu aufforderte.)* Hier ist das Boudoir, und hier geht's auf den Gang hinaus zum W. C. Kommen Sie her, damit ich Ihnen den Lichtschalter zeige.«

ROBERT, *schamhaft wie nur ein Mann:* »Aber, Mitsou, lassen Sie nur, ich werde ihn schon finden.«

MITSOU: »Das sagt man so, und dann hat man's in der Nacht eilig, steht auf, stößt sich an allen Ecken und kommt schließlich in die Küche ... Sehen Sie, hier links von der Tür ist der Schalter. Ist Ihnen das unangenehm, wenn ich Ihnen das W. C. zeige? Mein Gott, was sind Sie kompliziert! Sie schämen sich doch auch nicht, etwas zu trinken zu verlangen, und dann trauen Sie sich nicht von dem zu reden, was die Folge davon ist ... Und hier ist der Salon.«

Er folgt ihr und wirft einen flüchtigen Blick auf die Kissen im Hottentottenstil und auf das falsche Meißner Porzellan. Er denkt nur an das Bett. Diese großen Kopfkissen, unter die man die Arme steckt, um sich bequem zurechtzulegen, die Musik der Federmatratze und das faltenlose weiße Betttuch ... Nur hineinfallen ... und schlafen, schlafen ...

›Schlafen?‹ denkt er und gibt sich einen Ruck. ›Als ob es sich jetzt um Schlafen handelte! ...‹

Mitsou hat ihn ins Schlafzimmer zurückgeführt. In ihrem schwarzen Kleid, mit ihren keusch gesenkten Lidern und ihrem vornehmen Hals sieht sie demutsvoll aus wie eine Braut. Robert rührt dieser Anblick nicht, doch merkt er wohl, daß Mitsou in Schwarz gegen das weiße Spitzengewebe ein schönes Bild abgibt. Und er lächelt.

ROBERT: »Woran denken Sie, Mitsou?«

MITSOU, *die Augen hebend, ganz junges Mädchen:* »Ich denke, daß ich mich nun nebenan im Boudoir ausziehen werde. Das Bad ist eingelassen, ich brauche nur zehn Minuten, dann lasse ich das Wasser frisch ein und dann ...«

Robert, *sehnsüchtig das Bett betrachtend:* »... und dann gehn wir zu Bett!«

Mitsou, *geschmeichelt:* »Liebster!« *(Sie hängt sich an seinen Hals, küßt ihn und entflieht.)*

Robert, *allein gelassen, bleibt einen Augenblick vor dem Bett stehen:* ›Nur meine Wange‹, sagt er sich, ›nur meine Wange auf das Kissen legen dürfen, während ich warte ... Nicht daran zu denken! Wenn ich erst meine Wange auf dieses weiße Linnen gelegt habe, findet Mitsou ein schnarchendes Ungeheuer in Stiefeln auf dem Bett liegen ...‹

Er wirft sich in einen Lehnstuhl, bildet sich ein, an Mitsou zu denken, verfällt aber sofort in den starren Schlaf des Soldaten, sitzend, mit vorgestrecktem Kopf und harten Zügen. In diesem Zustand der Versteinerung suchen ihn plötzliche, heftige Träume heim: Bilder aus dem Krieg und aus der Jugendzeit – beides ist noch so nah – folgen einander in wirrem Wechsel: schwarzes Blut in Lachen, Feuergarben, dann wieder ein Sommerhaus auf dem Land, ein Fluß mit einem flachen Boot in der Sonne ... Eben fischt er als barfüßiger kleiner Junge Kaulquappen mit seinem Strohhut – als Mitsou wiederkehrt ...

Mitsou, *in einem pfirsichblütenfarbenen Hemdchen, die gelösten Haare um die Wangen, sehr bewegt und tapfer:* »Ich bin fertig ...«

Robert, *beglückt, weil sie nicht im Pyjama ist:* »Das sind die Worte eines Opfers, mein Liebling.«

Er nimmt sie in die Arme und wird ernst, weil sie nackt ist und weil sie zittert.

Robert: »Mitsou, verzeihen Sie meinen unpassenden Anzug. Darf ich ins Badezimmer gehn?«

Mitsou, *ebenfalls sehr ernst:* »Ja. Das Bad ist eingelassen. Ich glaube, es ist alles Notwendige da.«

Er geht. Während er, unter lautem Geplätscher mit Bürste und Waschlappen hantierend, das warme Wasser genießt und Mitsous Vorsorglichkeit bewundert – neue Seife, frische Tücher, Badesalz, Essenzen –, legt sie sich angstvoll ins Bett. Sie bebt ein wenig und beobachtet, wie das rosa Band an ihrem Hemdchen zittert. Ehrfürchtig lauscht sie dem gedämpften Lärm, der aus dem Badezimmer dringt. Sie erinnert sich plötzlich, wie Petite Chose vorige Woche die Treppe im Empyrée hinunterhuschte und ohne Scham rief: ›Fein, fein, nun wollen wir lieben, lieben!‹ Mitsou, der es weder nach Tanzen noch nach Jubeln zumute ist, denkt einen Augenblick nach und schüttelt den Kopf: ›Ja, Ja! Aber bei Petite Chose war es keine Liebesgeschichte.‹ Ein wenig beschämt denkt sie an jenen weit zurückliegenden Tag zurück, an dem sie sich mit kalter Liebenswürdigkeit einem eleganten älteren Herrn hingab, der sie vergebens liebkoste. ›Wie fern das alles ist! Ich kenne mich überhaupt nicht mehr aus! Ich werde gar nicht wissen ... Ich werde mich benehmen wie eine alte Jungfer ...‹ Sie seufzt. Ohne anzuklopfen tritt Robert ein. Er ist im Bademantel.

Mitsou, *im Bett aufgerichtet:* »Aber ich habe Ihnen doch einen Pyjama zurechtgelegt! Auf dem Stuhl neben der Badewanne!«

Robert, *ganz frisch und fröhlich durch das Bad:* »Glauben Sie, daß ich ›von Herrschaften abgelegte Kleider‹ trage?«

Er läßt, seiner Wirkung sicher, den Bademantel fallen und steht nackt vor ihr. Sie wendet – und das ist schade – die Augen ab, macht sich ganz klein auf ihrer Seite des Bettes und sagt: »Sie werden sich erkälten!« Mit einem Satz ist er im Bett, schlägt die Decke zurück, gräbt sich in die Kissen, schlingt den linken Arm um Mitsous Hüfte und drückt ihren ganzen Körper an sich. Sie stößt einen Schrei aus wie ein gefangenes kleines Tier und schweigt, nur ihr Atem geht keuchend unter der heftigen Umarmung ...

ROBERT, *sieghaft:* »Ah! Ah!«

Er könnte aber nicht sagen, ob sein Siegesjubel der gefangenen Mitsou gilt oder der Bettwäsche, die seinen Körper umhüllt – sanftes, glattes, kühles Leinen, ein tausendmal entbehrtes Lustgefühl. Vor sich sieht er ein junges Gesicht mit großen Augen, die im Halbdunkel sehr schwarz aussehen, ein junges, rundes Gesicht, hell wie ein Stern und von einem Kranz dunkler Haare umrahmt. Er berührt fast die Nase, die winzig kleine Nase, die so bequem ist für Küsse auf den Mund ... Er atmet einen Hauch ein, der noch nach Zahnpasta riecht, und den Duft der mit Toilettewasser abgeriebenen Wangen. Er schiebt mit seinem nackten Knie zwei seidenverhüllte Knie auseinander und bettet sein Bein bequem zwischen zwei Schenkel, deren schöne Form und straffe Muskeln er tastend wahrnimmt. Er fühlt sich wohl. Am liebsten würde er jetzt zu dieser unbekannten Frau, die er so eng umschlungen hält, sagen: ›Meine Liebe, bleiben wir so. Schlafen wir, wenn es uns freut, oder plaudern wir – nur nicht zu lange. Oder streicheln wir einander, ganz zart, geschwisterlich fast. Wir können ja Schlimmeres tun, wenn uns die Lust danach packt. Sie wird uns vielleicht mitten in der Nacht aus dem Schlaf reißen ... Aber ach! diese linde Frist ist uns verwehrt. Ich muß, wenn nicht einer in der Achtung des anderen sinken soll, dieses Seidenhemd, das sich doch so angenehm weich anfühlt, fortschieben, muß unsere geschwisterliche Umarmung lösen, muß ungestüm werden, und du mußt dich mir hingeben ... Gewiß werden wir nachher zufrieden sein – zufrieden wie Kinder, die eine Fensterscheibe einwerfen, um den anderen zu imponieren, nur um festzustellen, daß die Scheibe am Ende vielleicht doch besser war als der kalte Luftzug ... Komm!‹ Dieses letzte Wort denkt er nicht mehr, sondern spricht es laut aus: »Komm!«

MITSOU, *in unbestimmter Angst:* »Wohin?«

ROBERT, *barmherzig, denn sie ist sehr hübsch:* »Aber, mein liebstes Kind, ich bin sehr unartig, mußt du wissen! Komm heraus aus dieser Ruhe, reißen wir uns aus dieser Paul-und-Virginie-Romantik, aus diesen sentimentalen Träumereien. Willst du nicht mit mir kommen?«

MITSOU, *der es in diesem Augenblick ganz gleichgültig ist, daß sie ihn nicht versteht:* »Doch!«

Aber sie schließt die Augen, und ihre Hände bleiben ebenso keusch wie ihre Lider.

ROBERT, *ganz leise:* »Schläfst du, Mitsou?«

MITSOU, *ebenso:* »Ja.«

Sie wirft durch die halbgeschlossenen Lider einen Blick auf den hübschen nackten Faun über sich. Er lacht, als er die schwarzen Augen aufblitzen sieht – nervös bricht auch sie in lautes Lachen aus. Sie sind der unbeschwerten Fröhlichkeit der Tiere ganz nahe, es gelüstet sie nach freundschaftlichen Bissen, nach einer spielerischen Balgerei – aber beide erinnern sich, daß die notwendige, die unvermeidliche Liebesumarmung bevorsteht. ›Komm!‹ ...

Er setzt all seinen Willen daran, den seine Jugend bald entflammt, und wählt eine wenig originelle Methode. Zuerst der Mund, ja, der Mund! Dann der Busen – den Busen nicht vergessen! Diese Brüste, die weder rund sind wie reife Äpfel noch länglich wie Zitronen und sich von seinen Händen leicht umspannen lassen, sie verdienen wohl die zärtliche Wollust, die schamlose Inbrunst, die er ihnen widmet ...

MITSOU, *überwältigt und dem Weinen nahe:* »Ah!«

Der Schrei, ihr verzweifelt geöffneter Mund, die Hoffnung, sie werde gleich in Tränen ausbrechen, erhitzen den Angreifer weit mehr, als er geglaubt hat. Er überspringt alle Stationen, die die klassischen Liebesregeln vorschreiben, und hat von seinem willenlosen Opfer, das mit aufgelöstem Haar unter ihm liegt und keinen Widerstand leistet, nichts mehr zu fordern. Heimlich genießt er einen Augenblick lang das Wohlgefühl, das ihn durchströmt, dann beginnt die Vereinigung, langsam, begleitet von leisen Klagen, im Rhythmus zweier Körper, die einander wiegen, als gälte es einen Schmerz zu lindern und zu betäuben ...

Auf dem Spitzenwandbehang von Mitsous Schlafzimmer zeichnet sich zum erstenmal ein prächtiges Bild ab: der Schatten eines nackten Reiters, schmal in den Hüften, breit in den Schultern, der sich über sein unsichtbares Reittier beugt ...

8

Drei Uhr nachts. Er schläft. Sie erwacht – vielleicht, weil er sich bewegt hat, oder weil sie vergessen haben, das Licht abzuschalten. Sie ist noch schlaftrunken und verwirrt, erinnert sich aber sofort: ein junger Mann ist da, ein junger Mann, der gegen Mitternacht auf kurze und fast stumme Weise ihr Geliebter war, und danach sofort neben ihr in todähnlichen Schlaf gefallen ist.

Sie ist erschöpft, aber hellwach jetzt und erinnert sich eines besonderen Glücksgefühles, des Glücks, einen schönen heißen Körper umschlungen zu haben, der wie duftendes Holz roch, und sich so innig an sie schmiegte wie eine Schlingpflanze. Dabei war er so schön und wurde schöner und immer noch schöner mit jeder Minute. Dafür ist sie ihm dankbar, nicht für seine ungestüme Leidenschaftlichkeit, an der ihr nichts liegt.

Er schläft auf der Seite, einen Arm unter den Kopf geschoben. Sie fühlt sich schuldig, weil sie ihn betrachtet – würde er in wachem Zustand dulden, daß sie seine Adern unter der weißen Haut so genau studiert, und das braune Kraushaar, das zwischen den flachen Brustwarzen in Form einer Lilienblüte wächst? Eine weiße Narbe auf der Schulter. Zwei runde Impfmale auf dem Oberarmmuskel. Die Rippenbogen zeichnen sich unter der Haut ab. Ist er in den letzten Wochen nicht blasser und magerer geworden? Wo er wohl aufgewachsen ist? Und wie? Die feinen Hände, ganz dunkel gegen die weißen Arme, welche Arbeit mußten sie wohl verrichten, was hat sie gehärtet und ihre Nägel abgestumpft – Erde, Stahl, Feuer?

Wird es ihr gelingen, diese geöffnete Hand zu küssen, ohne den ernsten, schlafenden jungen Mann zu wecken? Nein, er hat sich bewegt, er bewegt sich, und sie rückt von ihm ab. Er träumt. Die Haut auf seiner Stirn, die Augenbrauen, die zitternden Mundwinkel, sein ganzes Gesicht belebt sich mit einemmal auf eine Weise, die mit seinem Lächeln, seinem Mienenspiel im Wachzustand keine Ähnlichkeit hat. Wer ist es, der fern unserer Welt diesen Gefangenen des Traumes quält? Zu ihrem Entsetzen sieht Mitsou, wie er ringt, seufzt, wie seine Füße zucken, wie er vergeblich versucht, sich zu erheben ... Mit einem Aufschluchzen verebbt der Ausdruck der Angst auf dem armen Gesicht, als Mitsou sich eben entschließen will, den Träumer zu sich selbst zurückzuholen, und er versinkt wieder in die heitere Ruhe eines Schlafes, den wahrscheinlich Krieg, Angst, Abwehr und Todeskampf durchkreuzt haben ...

Vorgebeugt und die Hand noch ausgestreckt, die den schlafenden Geliebten wecken wollte, sieht Mitsou die letzten Wellen des Traumes verebben. Eine letzte unruhige Zuckung, das Aufblitzen eines schmalen, perlmuttfarbenen Streifens zwischen den Augenlidern ... und er schläft friedlich weiter, von allen Seelenqualen befreit. ›Man könnte meinen, er geht fort‹, denkt Mitsou. Aber sie verdrängt diesen Eindruck, die vage und schmerzliche Vorstellung des Geliebten, der ihr auf den Wogen des Schlafes entgleitet ...

Sie hat keine Lust zu schlafen. Das Bett duftet. Niemals hat sie auf diese Weise über den Schlaf ihres Freundes, des eleganten älteren Herrn, gewacht. Wie er wohl schlafen mag? Sie weiß es nicht. Einen Augenblick denkt sie an den gepflegten Fünfzigjährigen im blauen Pyjama; ein Schauder läuft ihr über den Rücken, und sie wendet sich eilends von dem Bild ab: ›Das gehört sich nicht.‹ Ein anderes Bild steigt auf, das ihres Freundes am Eßtisch um ein Uhr mittags ... ›Was tun?‹ Es ist drei Uhr morgens. Sie hat also noch zehn Stunden vor sich. Sie wendet unwillkürlich den Kopf zum Fenster, hinter dem der Tag graut – die instinktive Bewegung von Gefangenen oder Tieren hinter Gittern ... ›Was tun?‹ Die Wahrheit sagen? Das ist ihr erster Gedanke, denn sie ist trotz ihrer Jugend unkompliziert, ein wenig träge und sanftmütig. Aber diese Wahrheit wird sie nicht ohne die Einwilligung des Mannes bekennen, der hier an ihrer Seite schläft; das Geheimnis gehört nicht ihr allein. Es gibt einen Namen, den sie Pierre weder aus Prahlsucht, noch aus Grausamkeit, noch im Taumel der Freude verraten wird; sie wird ihn erst aussprechen, wenn die Zeit dazu gekommen ist. ›Nein‹, sagt sich Mitsou, reuig den Kopf schüttelnd, ›nein, ich darf Pierre nichts sagen. Bis auf weiteres ist es anständiger zu lügen. Robert hat zu entscheiden, und wenn er sich nicht entscheidet – nun, dann ...‹ Sie betrachtet ihn angstvoll. Er ist jetzt in die tiefen Regionen des Schlafes hinabgetaucht, wo ihn keine Träume mehr stören. Er ist schön wie ein Toter, aus dessen Antlitz die Farbe nicht gewichen ist. ›Ist dieser Mann mein Leben?‹ betet Mitsou. ›Ach! Wenn er wollte ...‹ Und sogleich ist sie zum banalsten Heroismus bereit: ›Wenn er nur wollte, könnte ich alles, was ich hier habe, entbehren, ich würde ein möbliertes Zimmer mieten. Ich verdiene siebenhundert Francs im Monat, achthundert bei der nächsten Revue ... ich würde meinen Brillantring verkaufen ... Ich könnte wieder zum Film gehen, wie vor drei Jahren. Und er würde mich abends vom Theater abholen, wenn der Krieg aus ist ...‹ Sie lächelt, doch es ist ein schattenhaft flüchtiges Lächeln: ›Nein, er würde mich nicht abholen. Er würde mich nicht in meiner Garderobe erwarten. Er würde sich nicht mit Petite Chose oder Alice Weiß unterhalten, während ich auf der Bühne bin ... Er ist zu stolz, er ist böse, er ist etwas Besonderes.‹

Die Spatzen beginnen zu zwitschern. Sie ist des Denkens müde, gähnt vor Kälte und Hunger, und das Unbehagen des Morgengrauens befällt sie. Sie hat nicht die Kraft, sich eine Banane, ein paar Kirschen oder die Keks zu holen, die kaum vier Schritte entfernt auf dem Tisch stehen. Sie redet sich so lange ein, daß sie unglücklich ist und nicht mehr schlafen kann, bis sie zurücksinkt und gegen Roberts reglosen Körper geschmiegt, die Knie in seinen Kniekehlen, einschläft ...

Fünf Uhr. Das blaue Morgenlicht hinter den Vorhängen wird rosig. Durch ein Knacken oder Türenschlagen im Haus geweckt, ruft Robert: ›Ja!‹ und setzt sich im Bett auf. Ein Blick auf das Zimmer, ein zweiter auf das schwarze, von weißem Linnen umrahmte Köpfchen der schlafenden Mitsou. Er wacht auf, wie es einem zwanzigjährigen Soldaten geziemt: fröhlich, tatendurstig, bereit, aufzuspringen und in den Sonnenschein hinauszulaufen. Mitsou aber schläft ... ›Arme Kleine, sie hat die ganze Nacht durchgeschlafen, und ich habe sie nicht gestört.‹ Er will sie in die Arme schließen, besinnt sich jedoch und nimmt sich die Zeit, mit den Fingern durch die Haare zu fahren, sich die Augen zu reiben und einen Schluck fades Mineralwasser aus der neben dem Bett stehenden Flasche zu trinken. Er bedauert, wie ein ›alter Ehemann‹ geschlafen zu haben, und beugt sich über Mitsou ... Sie hat undeutlich gefühlt, daß sich in ihrer Nähe etwas bewegt, zieht jedoch nur die Arme an den Körper, die ihr Gesicht verbargen. Sie ist blaß, die doppelte Wimpernreihe, die ihre Lider umrahmt, wiederholt – gleich der Spiegelung eines Brückenbogens im Wasser – in umgekehrter Richtung den Bogen der Brauen. Der geschlossene Mund ist ganz klein und traurig.

›Wie hübsch sie ist‹, stellte er fest. ›Schade ...‹ Er hätte dies beinahe laut gedacht und hält erstaunt inne. ›Schade, daß – was? Ach, nun weiß ich es ... Daß es mit meiner Verliebtheit vorbei war, als ich Mitsou wiedersah. Gleich werde ich ihr beweisen, daß sie schön ist und daß ich jung bin, doch es wird keinerlei Bedeutung haben. Nein, keinerlei Bedeutung, aber es bekümmert mich, daß es so ist ... Zwischen Mitsou und mir liegt etwas Störendes. Daß sie in mir ein Ideal sieht, ist ja nichts Schlimmes, doch nun habe auch ich zu wünschen begonnen, sie möge etwas Besonderes sein – und zufälligerweise ist sie das auch. Sie ist anders als die kleine Germaine von Weihnachten, als Lili vom März, und auch mit – wie hieß sie nur? – mit Cricri vom September letzten Jahres hat sie keinerlei Ähnlichkeit ...‹

Er läßt ohne Bedauern einige Erinnerungen an sich vorüberziehen und setzt jedesmal ehrlich hinzu: ›Mitsou ist besser. Mitsou ist weitaus sympathischer, und trotzdem hat mich noch nie ein Abenteuer so wenig befriedigt wie dieses. Ist sie im Liebesspiel zwar zärtlich, aber zu unerfahren? Daran kann's nicht liegen. Ist sie dumm? Nicht im geringsten. Ein Geschöpf mit so feinen Sinnen, mit einer solchen Gabe, zu fühlen, was sich nicht ausdrücken läßt, ist nicht dumm. Ihr großer Fehler ist ...‹

Er streicht ganz zart eine Haarsträhne aus Mitsous Gesicht und versucht seinen Vorwurf in Worte zu fassen: ›Ihr großer Fehler besteht darin, daß sie einen zwingt, an sie zu denken, während man selbst versucht ist, ihr zu sagen: Du kleiner Kummer, du – du hast nicht das Zeug, zu einer großen Liebesqual zu werden!‹

Ein vom Fenster gegenüber zurückgeworfener Sonnenstrahl tanzt wie ein goldenes Spiegelchen über die geschlossenen Vorhänge, und der junge Mann wird von einer körperlichen Unruhe erfaßt, von einem unbestimmten Groll und dem sehr deutlichen Wunsch, fortzugehen ...

›Ich kann übrigens ohne weiteres gehen‹, denkt er, während er die schlafende Mitsou betrachtet, die mit zunehmender Helligkeit an Blässe verliert ... ›Nichts wird mich zurückhalten, nicht einmal sie; sie wird mich ohne Vorwurf und ohne Klage freigeben. Ja, sie würde mich freigeben, doch in dem Augenblick, in dem ich sie verließe, würde ein Ruf von ihr ausgehen, das uneingestandene Flehen eines stolzen Bettlers: Ich brauche nichts, und ich habe nichts verlangt ...‹

Er fühlt die Gefahr, in Mitsous Achtung zu sinken, was immer er auch tun mag, und in einer plötzlichen brutalen Regung zuckt er die Achseln: ›Wie angenehm! ...‹

Der Anblick der immer noch reglos schlafenden Mitsou besänftigt ihn wieder. ›Sie ist so hübsch‹, wiederholt er. ›Sie wird etwas Dummes sagen, sobald sie aufwacht. Aber mit Dummheiten haben mich auch Cricri und Lili wahrlich nicht verschont, ohne daß ich ihnen das übel nahm. Oder sie wird mir einen jener sentimentalen Gemeinplätze an den Kopf werfen, die so groß und so alt sind wie die Welt und mit denen sie mich beschämt ...‹

Das fremde Zimmer erhellt sich allmählich, und er betrachtet es mit feindseligen Blicken.

›Ich war weder darauf gefaßt, diese kitschige Statue hier zu finden, noch eine an Ketten baumelnde Ampel, noch den Spitzen streuenden Amor über meinem Haupt. Was hatte ich eigentlich erhofft, als ich herkam? Eine Frau, die weder Lili, noch Cricri – noch Mitsou ist. Ich mache mir etwas vor, ich beweihräuchere Mitsous negative Tugenden, anstatt mir ungeschminkt einzugestehen: Sie hat mich weder zum Lachen gebracht, noch zu Tränen gerührt; ihre Leidenschaft, deren Wellen nicht höher schlagen als die eines leise bewegten Sees, hat mich nicht in die wilde Brandung einer Wollust zu reißen vermocht, die betört oder erschüttert. Dies einmal festgestellt, habe ich wohl nichts weiter zu tun, als fortzugehen. Und kann den Lilis früherer Monate noch eine „Mitsou vom Mai“ hinzufügen? – Nein. Irgend etwas in diesem Geschöpf stellt eine Forderung an mich, die zu erfüllen mein Alter und mein Soldatenberuf mich entheben. Sie scheint den glühenden Wunsch zu hegen, mit meiner Hilfe zu der Frau zu werden, von der ich träume.

Von ferne ähnelt sie ihr schon. Zu früh hat der Zufall die Schmetterlingspuppe aufgerissen, in der, schon lebendig, aber noch unausgereift und ohnmächtig, die Larve meiner künftigen Liebe schlummerte. Ich habe aber, o du, meine künftige Liebe, nicht den Wunsch, die Hülle, in der du deiner Vollendung entgegenreifst, noch weiter aufzureißen. Es ist nicht meine Schuld, daß ich seit drei Jahren ein Leben führe, in dem alles Tun und Lassen von krankhafter Intensität, von fast religiöser Bedeutungsschwere geprägt ist. Es ist ein Leben, das einen schließlich dahin bringt, alles schwer zu nehmen, sogar die Tatsache, daß man nicht liebt. Ohne Zweifel ist es eine Folge dieses Lebens, daß ich hier auf deinem Bett liege, Mitsou, und unseren beiderseitigen Irrtum abwäge, statt in aller Freundschaft fortzugehen und dir aus der Ferne Feldpostkarten zu schicken. Nicht wahr, Mitsou, du wirst nicht daran sterben, daß ein verfrühter Lichtstrahl auf dein knospengleiches Wesen gefallen ist? Nein, du wirst, ein wenig beschädigt, zu deinem embryonalen kleinen Leben zurückkehren. Dich zum Erblühen zu bringen wird, glaube ich, nicht meine Aufgabe sein. Ein reiferer Mann wird dich erwecken, einer der geduldiger, leichtherziger und verständnisvoller ist als ich, der nicht wie ich an dem Beigeschmack von „Provinzialismus" in jedem deiner Worte und Gedanken Anstoß nimmt. Wer nicht weiß, was wir jungen Soldaten im Krieg für ein Leben führen, wie ängstlich überspannt, skeptisch und resigniert, wie anspruchsvoll und elend, wie bitter, frühzeitig gealtert und doch kindlich gläubig wir sind, der begreift auch nicht, wie sehr uns dieser „Provinzialismus" die kurzen Tage der Rückkehr zu unserem früheren Leben, zu unseren Städten, unseren Gütern und unseren Frauen verderben kann.

Immerhin, Mitsou, habe ich um deinetwillen an die Frau gedacht, die ich lieben werde. Wahrscheinlich wird sie deine Sanftmut haben und denselben Stolz wie du,

Kummer schweigend zu tragen. Und ich wünschte, sie hätte außerdem ein ebenso warmes Herz wie du, unter ebenso schönen kleinen Brüsten. Schon stelle ich mir vor, daß sie und ich dieselbe Sprache sprechen und einander ohne Staunen begegnen werden ...‹

Er hängt seinen Gedanken nach, die sich mehr und mehr verdüstern, als er sich ausmalt, wie einsam er sein wird, während er auf die richtige, die endgültige Mitsou wartet ... Draußen klatscht der Wasserstrahl aus einem Schlauch auf das Pflaster, und leere Milchkannen scheppern wie Kuhglocken in den Alpen ... Der nackte junge Mann springt entschlossen auf und beugt sich dann über die schlafende Mitsou:

»Leb wohl, Liebste!« murmelte er leise, ehe er sie weckt. Dann rüttelt er sie wach, zieht sie an sich, küßt sie und sagt laut und fröhlich:

»Guten Morgen, Mitsou!«

9

Am selben Tag um drei Uhr.

Mitsou hat mit dem eleganten Herrn bei sich daheim zu Mittag gegessen, und dieser hat keine Veränderung an ihr bemerkt. Von nun an ist sie imstande, ein Geheimnis zu wahren, bei gegebenem Anlaß zu lügen, zu schweigen, um nicht ohne Not zu lügen, und um ihres Geheimnisses willen auch die gewohnten erbärmlichen Zugeständnisse zu machen.

Der Herr ist eben fortgegangen und hat Mitsou das tröstliche Versprechen gegeben, daß er erst am nächsten Tag zur selben Zeit wiederkommen wird.

Endlich allein, hätte sich Mitsou zum erstenmal fast einem stürmischen Freudenausbruch hingegeben. Sie hätte Lust gehabt, aus reinem Übermut eine Vase zu zerschlagen, mit beiden Füßen zugleich auf das Damastsofa zu springen, ein Kissen gegen die Decke zu schleudern oder ein paar gellende Schreie auszustoßen. Der elegante Herr ist eine halbe Stunde früher als gewöhnlich fortgegangen, also hat sie noch eine halbe Stunde Zeit, sich schön zu machen. Robert soll sie um fünf Uhr mit dem Taxi abholen, und sie wollen durch den Bois de Boulogne bis zu den menschenleeren Alleen von Auteuil fahren. Als er sie am Morgen verließ, war sie müde gewesen und ein wenig enttäuscht, weil er vor der Ankunft des Stubenmädchens, noch vor dem Frühstück verschwinden wollte; aber die Morgenumarmung hatte lange gedauert und war beglükkender gewesen, als sie erwartet hatte.

›Als er beim Fortgehen gesagt hat: Ich bete dich an‹, überlegt Mitsou, ›da hatte ich fast gehofft, er wird sagen, daß er mich liebt ...‹

Die Erinnerung ist zu süß, als daß sie lächeln könnte, und ihr ernster Gesichtsausdruck ändert sich auch nicht, als es läutet und sie sich mit einer Gewißheit, die im ersten Augenblick fast etwas Erleichterndes hat, sagt: ›Ein Brief! Er kommt nicht.‹

DAS STUBENMÄDCHEN, *eintretend:* »Es ist ein Brief für Sie abgegeben worden.«

MITSOU, *mit schwacher Stimme:* »Wartet der Bote auf Antwort?«

DAS STUBENMÄDCHEN: »Nein, Madame. Es war ein gewöhnlicher Soldat. Er ist schon wieder fort.«

MITSOU: »Gut, danke!«

Sie öffnet den Brief nicht sofort. Sie ruht sich einen Augenblick aus, weil eine seltsame, rein körperliche Schwäche sie befallen hat, ähnlich der, die man nach starkem Nasenbluten oder nach einem Ohnmachtsanfall empfindet. ›Komisch‹, denkt sie, ›mir ist, als ob mein Herz blaß geworden wäre.‹ Dann setzt sie sich ans Fenster, öffnet den Brief und liest:

Meine geliebte Mitsou,
der Hauptmann, den ich auf seiner Mission hierher begleitet habe, fährt heute abend wieder ab.

Mitsou hält inne, um nach diesem kurzen Satz Atem zu schöpfen. Sie sagt sich: ›Ich verstehe. Er ist also nicht etwa böse auf mich oder hat irgendeinen Hintergedanken.‹ Sie lächelt sogar, um sich zu beweisen, daß alles in Ordnung ist. ›Mein Gott, es ist eben Krieg!‹

Meine geliebte Mitsou,
der Hauptmann, den ich auf seiner Mission hierher begleitet habe, fährt heute abend wieder ab. Es versteht sich von selbst, liebe Mitsou, daß auch ich abreisen muß. Ich dachte nicht, daß ich die Nacht im Eisenbahncoupé an der Seite eines rauhen Kriegers würde verbringen müssen ... Ich fürchte, mein zartes, sanftes Liebes, ich werde nicht die rechten Worte finden, Ihnen zu sagen, wie sehr ich Sie vermisse, wie sehr ... (Sehen Sie, da kehre ich unbeabsichtigt zu dem »Sie« unserer Briefe zurück, obwohl wir uns heute früh so aufrichtigen Herzens – und Leibes »Du« sagten ...) Ich werde nicht die rechten Worte finden und habe auch keine große Lust, es Ihnen zu sagen. Erinnern Sie sich, wie Sie mich vor ganz kurzer Zeit noch als Zwilling, als Altersgenossen, als Kameraden behandelten? ... Ihr verliebter Kamerad, Mitsou, wird Ihnen verschweigen, was er, indem er von Ihnen scheidet, am meisten vermißt und was am wenigsten – das eine wie das andere wäre geeignet, Ihre Eitelkeit anzufachen und gleichzeitig Ihren braven Jungmädchenstolz zu verletzen.

Das Beste, was Sie tun könnten, meine liebste Mitsou, wäre, daß Sie sich, sobald Sie diesen Brief gelesen haben, an den alten rosa Schreibtisch, der in Ihrem Boudoir steht, setzen und mir schreiben. Dann werde ich da draußen nicht zu lange auf Ihren ersten Brief warten müssen. Sagen Sie mir nur ganz gerade heraus, ob Sie sehr böse waren über unseren versäumten Nachmittag, unsere verschobene Nacht. Sagen Sie mir auch, wofür Sie sich entschieden hätten, wenn Sie hätten wählen müssen: für eine lange Spazierfahrt oder für eine kurze Nacht – eine Nacht, die spät anfängt und früh aufhört? Ich habe diesmal nicht die Zeit gehabt, Ihnen solche Fragen zu stellen, Fragen, die man eigentlich nur Mund an Mund, Körper an Körper gepreßt fragen sollte, so daß jede Ausflucht unmöglich wird. Ich bin bisher in keines Ihrer Geheimnisse eingedrungen und habe die liebe Gewohnheit auch nicht aufgegeben, lange, quälend lange – vier Tage mindestens – zu warten, bis Sie einen Ihrer Schleier fallen lassen und das Echo Ihrer Worte zu mir dringt. Dieses Zwiegespräch, das nicht selten durch äußere Hindernisse noch verzögert wird, vermittelte mir das Bild einer sehr sanften, wenig leidenschaftlichen Mitsou, eine Vorstellung, die mir bei unserer stürmischen Umarmung heute nacht verlorenging ...

Ich weiß nicht, wann ich wiederkommen werde, weiß nicht, ob ich wiederkommen werde. Erschrecken Sie nicht, Liebste. Ich meine damit nur, daß die Straßen schlecht sind, daß man sich bei einem Autounfall das Bein brechen kann und daß in meinem Regiment wegen des schmutzigen Wassers die Dysenterie herrscht. An das andere, an »die andere Gefahr«, wie Sie es nennen würden, denkt man doch nicht. Wenn Sie mir nur schreiben, Mitsou! Zynisch, wie ich zuweilen bin, brenne ich vor Neugier – nun, da ich die eine wie die andere mit solchem Entzücken an mein Herz gedrückt habe – Mitsou im Batisthemd und Mitsou auf dem Papier einander gegenüberzustellen.

Noch ein Geständnis – ein ebenso unvorsichtiges: Wenn Sie, meiner müde, ehe Sie mich wiedergesehen haben, in einigen Wochen einem anderen Leutnant – blaugekleidet und in Mitsou verliebt, wie es sich für Frankreichs Offiziere geziemt – Ihre Gunst schenken sollten, so darf ich doch bestimmt damit rechnen, daß diese Veränderung mir einen letzten Brief eintragen wird, einen Brief, in den Mitsou ihre gefährliche Einfachheit, ihre unwiderstehliche Aufrichtigkeit hineinlegt, einen Brief, in dem sie durch Argumente entwaffnet, die ihre Beweiskraft allein den Tatsachen entlehnen?

Ich scherze, Mitsou! Und das zeugt von recht schlechtem Geschmack am Ende eines Briefes, in dem man klagen und vor Ärger fluchen wollte ... Ich küsse nur Ihre Hände, Mitsou, und versage mir für einige Zeit die süße Erinnerung an Ihren empfindsamen Körper.

Ihr blauer Leutnant

10

MITSOU AN DEN BLAUEN LEUTNANT

Ich sitze an meinem kleinen Schreibtisch. Aber ich habe mich nicht gleich hingesetzt und habe meinen Brief nicht ohne nachzudenken begonnen, wie Sie von mir verlangten. Erstens liegt das nicht in meiner Natur. Und dann muß man einem Menschen doch Zeit lassen, einen Brief zu lesen, ihn genau zu lesen, zu lächeln, sich zu schneuzen, sich die Augen zu wischen und darüber nachzudenken. Außerdem habe ich Ihnen schon einmal geschrieben, daß ich nicht schnell schreiben kann. Sie haben Ihren Brief übrigens auch nicht schnell geschrieben. Für einen plötzlich abkommandierten Offizier war er recht lang. Mein Liebster, das ist kein Vorwurf, schieben Sie also nicht gleich die Augenbrauen bis in die Mitte der Nase! Es ist kein Vorwurf und ist doch einer. Ich frage mich, ob es mir nicht lieber gewesen wäre, wenn Sie geschrieben hätten: »Muß mit Hauptmann abreisen. Küsse.« Wie ein Telegramm, meine ich. Werden Sie jetzt bitte nicht böse! Lassen Sie mich zuerst alles sagen, was nicht gut ist, das Bessere kommt dann nach. Sie reisen also ab, das ist abscheulich und noch schlimmer als das. Aber warum entschuldigen Sie sich dafür? Es kommt mir vor, als würden Sie sich nicht entschuldigen, weil Sie abreisen, sondern weil Sie mich verlassen. »Ah!« werden Sie nun sagen, »diese Mitsou! Wie kann ich denn abreisen, ohne sie zu verlassen!« Man kann's! Das ist nur schwer zu erklären, aber nicht schwer zu verstehen ... Mein Liebster, Sie müssen sich etwas merken – und das ist, daß ich

Sie liebe. Oh, ich sage das nicht so, wie man ein Geschenk macht, ganz im Gegenteil. Mein armer Freund, ich liebe Sie. Aber ich gebe Ihnen die Erlaubnis, wenn Sie das lesen, auszurufen: »O weh, das hat mir noch gefehlt!« Denn eine Frau, die liebt, sogar so ein kleines dummes Ding wie ich, wird unerträglich; sie versteht, sie errät ... Es ist dann wie mit der Elektrizität, sobald der Strom eingeschaltet ist: vor einer Minute war da nur eine Schnur und eine dumme Glasbirne, und nun glüht auf einmal ein Faden, der alles erleuchtet.

Eine gute Seite hat das Übel für Sie, und zwar, daß ich jetzt weiß, daß Sie sich auf mich verlassen können. Sie können sich in allem auf mich verlassen; ich werde auf Sie warten, wenn Sie wollen, daß ich auf Sie warte; ich werde erraten, was Sie sich zu sagen schämen; und wenn es Ihnen einfallen sollte, mir zu erklären: »Es ist aus mit uns beiden«, dann werde ich Ihnen zeigen, daß ich mich benehmen kann und kein Riechsalz und keinen Essig brauche.

Und noch etwas: wenn Sie lieber hätten, daß ich mir einen anderen Beruf suche, daß ich etwas lerne, daß ich mich in diesem oder jenem ändere, so werde ich das ebenfalls können – schon damit ich gescheiter reden lerne und Sie sich besser mit mir unterhalten.

Nehmen Sie nun das Unglück, daß ich Sie liebe, nicht schon etwas leichter? Oh, ich hoffe es sehr! Ich fühle mich schon getröstet, weil nichts mir mein Unglück verheimlicht, besonders Ihr Brief nicht. Mein geliebter blauer Leutnant, es ist nicht schwer zu erkennen, daß Sie ohne zu wollen versuchen, mit beiden Beinen unsere gestrige Begegnung zu überspringen. Man kann nicht liebenswürdiger sein, als Sie es sind, wenn Sie über unsere vergangene Korrespondenz sprechen. Ein ungebildeter Kerl hätte mir geschrieben: »Ich war rasend in Dich verliebt, bevor ich Dich kannte, streichen wir die letzten vierundzwanzig Stunden und beginnen wir von vorn.« Aber wozu wäre die

Bildung denn gut, wenn nicht dazu, daß man auf einem feinen Silbertablett serviert, was einem andere einfach ins Gesicht schleudern würden.

»Aha«, werden Sie sich jetzt sagen, »aha, diese Mitsou ist beleidigt.« Ich bin nicht beleidigt, ich bin auch nicht verzweifelt, Liebster, und wenn man mir nur einen ganz kleinen Schubs gibt, dann gestehe ich sogar, daß ich mich jetzt schon viel wohler fühle als heute früh. Stellen Sie sich vor, heute früh, als Sie fort waren, da fragte ich mich noch: »Wer wird mir wohl sagen, was er über mich denkt?« Und natürlich habe ich nicht erwartet, das von Ihnen selbst zu erfahren. In Ihrer Gesellschaft sagt man einer Frau nicht: »Du bist das Letzte vom Letzten!« – man sagt: »Madame, meine ehrerbietige Hochachtung, ich gehe mir Zigaretten holen, warten Sie bitte einen Augenblick«, und damit verläßt man sie fürs ganze Leben. Ich bin nicht das Letzte vom Letzten, aber trotzdem habe ich große Angst gehabt, Sie nie mehr wiederzusehn, nicht einmal brieflich ...

Jetzt, wo ich den ersten Schreck überstanden habe, sehe ich, daß nicht viel Schlimmes geschehen ist. Ich sage mir: »Kopf hoch, er denkt noch an dich, stellt Fragen, will noch etwas wissen von dir ...« Sie sollen alles wissen, mein Liebster. Sie müssen nur fragen. Ob mir ein Spaziergang am Tag lieber gewesen wäre oder unsere nächste Nacht? Darauf antworte ich Ihnen ohne Zögern: die Nacht. Mein Liebster, nachts ist es weniger peinlich, nicht so intim. Ich brauche mich Ihnen nicht unterlegen zu fühlen, solange ich nackt bin und in Ihren Armen im Bett liege. Das Schrecklichste ist, daß wir wieder aufstehen müssen, und da zittere ich vor Ihnen. Alles, was Sie vergeblich von mir erhofft haben, während wir beisammen waren, habe ich von Ihnen gehabt. Ich habe mich noch immer nicht von dem Staunen darüber erholt, wie weich Ihre Haut ist, wie ernst Sie aussehen, wenn Sie schlafen, und daß Sie ohne Hemd im Bett liegen. Ich hätte auch nicht gedacht, daß Sie so kleine Füße haben. Und dann habe ich geglaubt, daß ein so feiner junger Mann, der mit so vielen Umständen und Manieren im Restaurant ißt, in der Liebe alle möglichen Umwege machen wird. Aber nicht im geringsten! Wie ich gemerkt habe, daß Sie an nichts anderes denken, als mich ganz einfach und ganz und gar zu nehmen – ich kann Ihnen gar nicht sagen, wie glücklich ich da war. Und da wollen Sie, daß ich Sie nicht liebe?

Mein Liebster, das Schwierige für Sie war, von mir nicht geliebt zu werden. Das fast Unmögliche für mich ist, von Ihnen geliebt zu werden. Ich sage f a s t unmöglich, weil ich nun einmal so bin, daß ich mich weder mit dem größten Unglück noch mit dem größten Glück abfinde. »Viel zu vernünftig für ihr Alter, diese Mitsou«, sagen meine Kolleginnen. Wenn ich es nicht wäre, hätte ich letzte Nacht, als Sie schliefen, nicht so lange nachgedacht über Sie. Während Sie schliefen, Liebster, habe ich schon auf das Höchste, das Sie mir geben könnten, verzichtet. Aber nur aus Klugheit – denn ich habe gehofft, mir dadurch ein ganz klein wenig von Dir zu erhalten ... Du findest mich wohl sehr demütig! Glaub nicht, daß ich bettle. Wenn Du mir antwortest: »Adieu, Mitsou«, so werde ich nicht sterben daran. Mein Herz ist hart genug, daß man es mit Kummer füttern kann. Da bin ich, glaube ich, eher wie meine Kollegin Gitanette, die, wenn man sie über ihren großen Kummer trösten will, immer wieder antwortet: »Wozu gebt ihr euch solche Mühe, mir meinen Kummer zu nehmen? Was bleibt mir denn dann noch!«

Vorläufig gebe ich trotzig die Hoffnung nicht auf, daß Du mir etwas Besseres schenken wirst als Kummer. Kennengelernt hast Du mich auf der Bühne, wo ich drei Couplets sang, aber in meinem Kopf waren nicht einmal ebenso viele Gedanken. Was Dir an mir gefallen hat, hast Du selbst in mich hineingelegt; aber ob es von Dir kommt oder nicht, herausreißen kannst Du es jedenfalls nicht mehr, es ist fest verwurzelt! Warst Du nicht gerührt, daß ich in den vier Monaten so gewachsen bin? Das Pech ist nur, daß sich alle Knospen wieder geschlossen haben, kaum daß Du vor mir gestanden bist ... Trotzdem, eine Frau, die sich eine Liebe in den Kopf setzt, wächst schnell, blüht, nimmt Gestalt an und Farbe, so daß sie auch den Anspruchsvollsten bezaubern kann. Mein Liebster, ich will versuchen, Dein Traum zu werden. Das ist ein sehr großes, ehrgeiziges Ziel, mein lieber blauer Leutnant, und Sie haben mich ja gar nicht zu einem Spaziergang durch das ganze Leben eingeladen ... Fangen wir also mit dem Leichtesten an – wenn Sie noch nicht allen Mut verloren haben, dann bitte vergönnen Sie mir noch einmal, an Ihrer Seite zu schlafen, schenken Sie mir noch einmal die Überraschung, Ihnen so leicht in die Freude folgen zu können – gewähren Sie mir das Vertrauen und die Freundschaft Ihres Körpers: vielleicht wird mich das eines Nachts unverhofft ganz sachte bis zu Ihnen führen.

Mitsou

Weitere Bände in der

ISBN 978-3-86615-501-5
112 Seiten

ISBN 978-3-86615-502-2
592 Seiten

ISBN 978-3-86615-505-3
256 Seiten

ISBN 978-3-86615-506-0
192 Seiten

Süddeutsche Zeitung | Bibliothek

ISBN 978-3-86615-503-9
160 Seiten

ISBN 978-3-86615-504-6
208 Seiten

ISBN 978-3-86615-507-7
416 Seiten

ISBN 978-3-86615-508-4
128 Seiten

Weitere Bände in der

ISBN 978-3-86615-509-1
160 Seiten

ISBN 978-3-86615-510-7
336 Seiten

ISBN 978-3-86615-513-8
144 Seiten

ISBN 978-3-86615-514-5
144 Seiten

Süddeutsche Zeitung | Bibliothek

ISBN 978-3-86615-511-4
272 Seiten

ISBN 978-3-86615-512-1
432 Seiten

ISBN 978-3-86615-516-9
368 Seiten

ISBN 978-3-86615-517-6
392 Seiten